実業之日本社文庫

朝の茶柱　眠り医者ぐっすり庵

目次

朝の茶柱　眠り医者ぐっすり庵

第一章　金持ち喧嘩せず

1

青々とした新茶の葉が、西ヶ原《にしがはら》のなだらかな山肌で日差しを浴びて輝く。

西ヶ原は日光御成道《にっこうおなりみち》の道中、日本橋、本郷追分《ほんごうおいわけ》と数えて二里目にある緑豊かな土地だ。

藍《あい》が茶畑の畦道《あぜみち》を進むと、滝野川《たきのがわ》の枝流である小川を流れる清水の音が聞こえる。川辺では背の高い菖蒲《しょうぶ》が、薬草のようなほろ苦い匂《にお》いを漂わせていた。

この地で父と伯父が築いた〝千寿園《せんじゅえん》〟は、一面に広がる広大な茶畑を持つ茶問屋だ。

「おとっつぁん、おっかさん、おはよう。今日は私のこと、いつもよりも、もっともっと、しっかり見守っていてね」

空を見上げた藍が茶畑の朝の風を吸い込むと、呼吸を重ねるごとに身体《からだ》にぐんぐんと力が漲《みなぎ》るような気がした。

いつもより早足で〝ぐっすり庵〟に駆け込んだ藍は、野菜や米をたくさん詰め込んだ籠《かご》を、勢いよく背中から下ろした。

「兄さん、おはよう！……って言っても、兄さんがこんな朝早くから起きているはずがないわね。ええっと、もう、とっくにお天道《てんと》さまが昇っていますよ！　あら、おはよう、ねう。今日もよく晴れたわね」

涼しい顔で縁側に座り外を見張っていた白黒猫のねうは「おうっ」と爽《さわ》やかな朝の挨拶をした。かと思うと、早速、籠に頭を突っ込み、大根の切り口の匂いをふんふんと嗅《か》いでいる。

藍が生まれ育った西ヶ原の茶問屋の大店《おおだな》、千寿園の外れにある林の奥。かつてこの一帯が楮《こうぞ》畑だった頃に、紙漉《かみす》き小屋として使われていた古いあばら家だ。

ここで兄の松次郎《まつじろう》は、世の人々から身を隠しながら眠り医者〝ぐっすり庵〟を開いている。

幼い頃から学問の才があった松次郎は、亡くなった父の「世の人を救う医者になって欲しい」という願いを胸に、長崎にある鳴滝塾《なるたきじゅく》という医学校へ留学した。

だがその途中に半年ほど便りが途絶えてしまったかと思ったら、ある日突然、人目を避けた真夜中に藍のところへ戻ってきた。

それからずっと昼夜とり違えた生活を送りながら、〝ぐっすり庵〟で、眠ることができなくなった人々を治療しているのだ。

「あーーーーお」

ねうが、それじゃあちょっくら遊んでやるか、とでも言うように、大きく伸びをした。蛇のように牙《きば》を剝《む》き出した怖い顔で大あくびをしてから、急に円《つぶ》らな可愛《かわい》らしい瞳になって、藍の足元をちょいと叩《たた》く。

「ごめん、ねう。今日は私、とても急いでいるのよ。伯父さんたちのところに行かなくちゃいけないの。夕方にたくさん遊びましょうね。お昼寝をして待っていてちょうだいな」

藍がねうの頭をごしごしと撫《な》でると、ねうは「ん？」と怪訝《けげん》そうな顔をした。

「この着物、どうかしら？　今朝、髪もきちんと結い直したんだけど、解《ほつ》れていたりしないわよね？」

藍は落ち着いた井桁絣《いげたがすり》の小袖の袖を引っ張って、ねうに示して見せた。鬢付《びんつ》け油でかちかちに固まったうなじの毛に、そっと触れる。

ねうは、「ふうん」と冷めた目でため息をついた。

「そんな冷たい顔をしないでよ。後で必ず遊んであげるって約束するわ。今日は、私の大事な日なのよ」

そう、今日は私にとってとても大事な日だ。

これから、この千寿園で働かせて欲しい、と、伯父夫婦に伝えると決めているのだ。

兄の松次郎が長崎の鳴滝塾へ留学する直前に父が、その後、松次郎が音信不通だった時期に母が相次いで亡くなってから、この千寿園は、同じ敷地に暮らしていた蔵之助《くらのすけ》と重《しげ》という伯父夫婦が回していた。

母を失ってすぐの頃は、藍の嫁ぎ先を躍起になって探す伯父夫婦に、厄介払いされそうになっているようで反発も感じた。

しかし長崎留学から戻ったら昼夜逆転の変人になってしまった、兄の松次郎の〝ぐっすり庵〟を手伝うようになってから、藍の心はずいぶん変わった。

さまざまな事情で眠ることができなかった患者たちに出会ったことで、お天道さまの下でたくさん身体を動かして働くことの幸せを思い出した。己の持つ力を、目一杯仕事に使ってみたいと思えるようになった。

そして何より、できの良い兄の松次郎に隠れてこの家でいつも控えめに暮らしていた日々のことを、なんてもったいないことをしていたんだろうと後悔した。

私はまだ十八だ。遊んで暮らせる都合の良い嫁入り先を探すには、少し出遅れたと言われるかもしれない。だが一所懸命働くということに、遅すぎることはない。

父さんと母さんが丹精込めて働いたこの千寿園で、私も一から学び、働かせてもらいたい。

これまでずっとこの千寿園の〝お嬢さん〟として暮らしてきた自分が、伯父夫婦にはずいぶん頼りなく見えているのはわかっていた。

面倒事を増やさないで欲しい、と、まずは渋い顔をされるに違いなかった。

だが決して弱音を吐かず、怠けることなど考えもせずに一所懸命働いていれば、きっといつかは伯父さんたちもわかってくれる。

この千寿園で、私を頼りにしてくれるようになる。

藍は、臆《おく》する心にそう力強い言葉を投げかけながら、朝陽《あさひ》のきらめく茶畑の中、伯父夫婦が暮らす家へ向かう道のりを、背筋をしゃんと伸ばして進んだ。

「おはようございます！　伯父さん、お重さん、今日は私、ちょっとお話が……」

伯父夫婦の家は、商売をしている家らしく戸口を開け放している。広い入り口を覗《のぞ》き込んで、胸を張って強張《こわば》った大声を張り上げた。

「まあ、お藍お嬢さん！　どうしてここに？　誰からお話を聞きましたか？」

顔見知りの女中が、ぎょっとした顔をした。

「えっ？」

藍はきょとんと首を傾《かし》げた。〝お話〟とはいったい何のことだろう。

「旦那さま、奥さま！　お藍お嬢さんがいらっしゃいました」

女中が困惑した顔で奥に向かって声を掛けた。

家の中がぴたりと静まり返ったような気がした。返事はない。

「お邪魔します。皆さん、今朝はいったい……」

藍が怪訝な心持ちで廊下を進むと、座敷に客人の気配を感じた。

大事な客人を迎えているような張り詰めた雰囲気が漂う。

「おはようございます。お取込み中でしたか」

余所行《よそゆ》きの声を出して座敷を覗き込むと、伯父夫婦と向き合って、見たことのない若い男の姿があった。

年の頃は二十の半ばくらいだ。涼しい目元の整った顔立ちといえるだろう。だが少々肥えていて、頰《ほお》が子供のように丸い。

齢《とし》に釣り合わない高そうな上田縞《うえだじま》の小袖を着ていたが、色白丸顔のせいで、お仕着せのようにしか見えない。

「ほう、こちらが例の姪御《めいご》さんですか」

男は片方の眉《まゆ》だけを吊《つ》り上げて、悪巧《わるだく》みをしている悪戯坊主《いたずらぼうず》のような目を向けた。

藍ははっと息を吞《の》んだ。

低く、落ち着いた、まるで役者のように妙に耳心地の良い声だ。

「はじめまして。藍と申します」

伯父夫婦に「いったいどなた？」と目配せのみで問いかけた。

伯父夫婦は、何ともいえない顔をして、二人揃《そろ》って鶏のように、とりあえずこくこくと頷《うなず》いている。

「お藍、お前はいくつになる?」

男はまるで女中に話しかけるような雑な態度で、いきなり尋ねてきた。

むっとしてもおかしくないはずだったが、美しい声のせいで、憧れの兄様に親しげに声を掛けられたようなぼんやりした気分にもなる。

「十八ですが……」

「そうか。喋《しゃべ》り口が子供っぽいわりに、案外、年を喰《く》っているんだな。だが、愛嬌《あいきょう》のある顔をしている。私は狐《きつね》より狸《たぬき》が好きなもんでね」

そう言うと、男がぷっと噴き出した。

「えっ?」

頭から冷たい水をばしゃっとかぶったように、目が覚めた。

いったい何なの、この失礼な人は。

「伯父さん、この方はいったい……」

思わず眉間《みけん》に皺《しわ》を寄せた。

「このお方は、万屋《よろずや》一心《いっしん》さまだ。今日から、この千寿園を取り仕切っていただくことになった」

伯父が気まずそうな顔で、藍とは目を合わせずに言った。

「千寿園を取り仕切る、ですって？　いったいどうしてそんなことに？」

仰天して身を乗り出したところを、一心と呼ばれた男が、まあまあ、と軽い調子で制した。

「女のくせにそんな怖い顔をするな。私の口からわけを話そう。実を言うとこちらの蔵之助殿は、ここのところいくつかの商売相手に支払いが滞っていてね。このままではこの千寿園が立ち行かなくなってしまう、ということで、どうにかして商売を立て直してもらえないかと、私のところに相談にいらしたのさ」

「お藍、聞いておくれ。千寿園の商売が傾いてしまった、というわけではないぞ。むしろその逆だ。もっともっと、大きく広げようとしていたんだよ」

蔵之助が慌てて取り繕うように言った。傍らの伯母の重は、何も聞こえていないような顔で畳に目を落としている。

一心は、明らかに含みのある顔で頷く。

姪っ子の手前、そういうことにしておきましょう、という心の声が聞こえてくるような押しつけがましい笑顔だ。

「万屋さん、ということは、小間物屋さんでいらっしゃいますか？　小間物屋さんが、どうして茶問屋を……」

どうにかこうにか強張った笑みで応じた。

伯父が借金を重ねていたというのは初耳だった。千寿園がそんなにたいへんな状態になっていたなんて、夢にも思ったことはなかったのだ。

「小間物屋ではない。世間知らずの箱入り娘というのはほんとうだな。よろずや、というその名が示すように、私は何でも屋だ。とはいっても、主人の下に仕える御用聞きでもないぞ。窮地に陥った商売人を助けるため、金を貸して人を動かす、それが私の万屋だ」

「一心さまはこの若さで、お江戸でたいへんな評判の方なんだよ。そのお顔の広さで、あっという間に千寿園の借金の立て替えをしてくれる、って大店も見つけてくださったんだからね。命の恩人さ。あとは一心さまの忠言に沿えば、すぐに商売は立て直せるさ」

伯母の重が、一心に向かって愛想笑いを浮かべた。

「お金を貸して、人を動かす商売、って、いったい何のことですか?」

さっぱりわからない。

「お前は、商売のことなぞわからなくてよい。出過ぎた真似《まね》をせずに、家でおとなしくしていれば、悪いようにはしないぞ。幸い、今までもずっとそんな様子だったと聞くな。つまり、これまでどおりのお前でよい、ということだ」

一心が愉快そうに目を細めて、藍の顔を無遠慮にじろじろと眺めた。

2

藍は道端の石をぽーんと蹴った。

「いったい何なの、あの一心って男。出過ぎた真似をせず、家でおとなしく、ですって?」

鼻の奥に、つんと涙の味を感じた。

ひとりになった途端、泣きたくなるくらい心細くなる。

これまで藍は、千寿園が窮地に陥っていたなんてまったく気付かずに呑気《のんき》に過ごしていた。

自分の甘さを思い知る。千寿園はいつだって同じ姿で私を温かく迎え入れてくれる場所だ、と思い込んでいたのだ。

松次郎とのぐっすり庵をどうにか守《も》り立てようと必死になっていた頃は、伯父夫婦が藍のことを案外放っておいてくれることにほっとしていた。

だが考えてみれば当たり前のことだ。伯父夫婦は、一緒に商売をしていた藍の両親を相次いで亡くしてから、藍のことや林の奥のあばら家になぞ構っていられないほど忙しく働いていたのだ。

そんなこともわからずに、これから千寿園で働くなんてひとりで決め込んで、気を張って出向いた朝の自分が情けなかった。

「あーあ。なんだか私って、ほんとうに甘ちゃんだわ」

これから千寿園はどうなるのだろう。

これまでは、重の持ち込む嫁入りの話をのらりくらりとかわしてやってきた。しかし、千寿園の窮状を知ってしまった以上、ここで暮らすのが好きだから、縁組の相手が気に入らないから、なんてぼんやりした理由で嫁入りを先送りにするなんてできるはずがない。

きっとそう遠くないうちに、藍はここを出なくてはいけなくなる。

私が千寿園を出されてしまったら、松次郎兄さんの隠れ家生活は、誰が面倒を見るだろう。間違いなくぐっすり庵はおしまいだ。

胸の内に、さまざまな心配事が泡のように浮かんでくる。

こんな日はお墓参りをしよう。墓前に野の花を供えて、おとっつぁんとおっかさんに話しかけて、ささくれ立った心を鎮めるのだ。

茶畑の終わりを流れる小川のほとりで、藍はシロツメクサの花をいくつか摘んだ。

ふと、しゃん、という鈴の音を感じた気がして顔を上げた。

ぐっすり庵へ向かう林の入り口に、白髭《しらひげ》をたくわえたひとりの老人の姿があった。

老人の手には一枚の紙が握られている。藍が描いた〈明日のために眠りませう〉という言葉とねうの絵。かつてこの家で長く働いた有能な女中で、今は千住宿《せんじゆしゆく》の水茶屋に嫁いだ久《ひさ》に託した引き札だ。

老人は引き札に幾度も眼を遣《や》り、首を捻《ひね》り、行く道を確かめながら、ゆっくりとした足取りで進む。

「〝ぐっすり庵〟にご用でしょうか？　ご案内しますよ」

藍が、耳の遠いご老人にも聞こえるように大きな声で呼び掛けると、老人は手で目元に庇《ひさし》を作るようにして振り向いた。

強い日差しの下だというのに、黒い大きな風呂敷を首元で結んで身体全体を覆い隠している。

「やあ、お嬢さんは〝ぐっすり庵〟のお方かい？　やれやれ助かった。お駕籠《かご》に乗って大名行列でやってくるくらいの金ならいくらでもあるんだが、今日の用事は誰にも知られずに済ませたかったもんでな。すまんが案内を頼めるかね」

「えっ？　は、はい。もちろんです」

金ならいくらでもあるんだが――。

明け透けな言葉に、ぎょっとした。

すぐに、いやいや、と胸の内で首を横に振る。

出会ってすぐの相手に、そんな軽々しいことを言う人がいるはずがないわ。きっと何かの聞き間違いよ。

老人は藍に向かって、すまなそうにぺこりと頭を下げた。皺に埋まった優しい垂れ目は、いかにも善良そうだ。金の力をひけらかす傲慢《ごうまん》な金持ちには到底見えない。

「さあ、どうぞどうぞ。林の中は暗いので、足元に気を付けてくださいね」

藍がふらついた老人の肩をそっと支えると、老人は「ほう！」と足を止めた。

「これはこれは、ありがとう。心優しい娘さんだ。お小遣いをあげようかね」

老人は懐をごそごそやったかと思ったら、おもむろに眩《まばゆ》く光る小判を取り出した。

「ええっ！　駄目です！　いただけません！」

悲鳴を上げて飛び退《の》いた藍に、老人は不思議そうな顔をして、小判を差し出して迫ってくる。

「おや、どうしたんだい？　ほれ、ほれ、これで欲しいものを買いなさい」

「いえいえ、ほんとうにいりません。そんなきらきら光るものは、早くしまってくださいな。カラスに見つかったら、鋭いくちばしでごつんと叩かれますよ」

輝く小判の光は目の毒だ。藍は顔を背けて、必死で空を指さした。

「何？　この林はカラスがいるのか？」

老人が急に肩を竦《すく》めて、頭上を見回した。

「そ、そうかい。じゃあ、お小遣いはまたの機会にしよう。ほんとうにいいのかね？　これだけあれば、あんたが今欲しいものなんて、なんでも買えるはずなんだがな」

老人は少々不満そうな顔をしながらも、素早く小判を懐に戻した。カラスの硬い嘴《くちばし》の怖さは、じゅうぶんに承知しているのだろう。かつて汗水垂らして野良仕事をした経験があるに違いない。

「今の私は、お金で買えるものが欲しいわけじゃないんです」

藍は少し寂しい気持ちで微笑《ほほえ》んだ。

この千寿園で、すっきりと曇りない心で毎日一所懸命仕事に励む。皆のために働き、皆に頼られる。そんな憧れの自分は、今となっては遠い夢だ。いくらお金を払っても手に入れることはできない。

「へえっ」

藍の言葉に、老人が目を丸くした。

「金で買えないものが欲しいだって？　面白いことを言う娘さんだね」

老人は懐の巾着《きんちゃく》をじゃりん、と鳴らしてみせた。先ほど藍が耳にした鈴の音は、巾着にぎっしり詰まった小判が鳴る音だったのだ。

「名乗りを忘れたね。わしは、清兵衛《せいべえ》だ。少し前までは棒手振《ぼてふ》りの魚売りさ。天秤《てんびん》棒を担いで夜明け前からいろんな家の路地を魚を担いで回って歩く、あの棒手振りの仕事を四十年やったよ」

藍はきょとんとして老人の顔をまじまじと見つめた。

棒手振りの魚売りをしていた人が、通りすがりの娘にいきなり〝お小遣い〟を渡せるほどのお金持ちだなんて。

まるで先ほどの小判は実は葉っぱで、狸に化かされているのではと思う。

「少し前までは、って言っただろう。今は、ただの金持ちさ」

清兵衛が藍の様子を見て、少し決まり悪そうに笑った。

「ただのお金持ち、ですか……」

なんて心ノ臓に悪い言葉だろう、と、藍は思わず繰り返した。

「わしは、十五になってから五十を過ぎるまで、一日たりとも欠かさずに朝は暗いうちから起き出して、棒手振りの仕事に精を出していたよ。二十で所帯を持った女房との間には五人の子がいてね。若いうちは家族を飢えさせることなく育て上げるだけで必死だったさ。博打《ばくち》も女も酒だってやりゃしねえ。内職仕事を貰《もら》ってきて、女房の愚痴に付き合いながら、二人で夜更けまで草履を編むのが気晴らし代わりだったよ」

良い人生を過ごしてきた人らしく、誇らしげに胸を張る。

「けど、幾年か前に肩を壊してね。重いものを運ぶのが苦しくなってきちまったんだ。そうしたら子供たちが揃って、俺たちが面倒を見てやるからご隠居さんになっておくれよ、って声を掛けてくれたのさ。棒手振りがご隠居さんだって？　良いご身分じゃないか。ありがたい話だよ」

清兵衛は子供たちの優しい言葉を思い出したのか、少し涙ぐんだ。

「親孝行なお子さんたちですね。清兵衛さんが一所懸命働いていた姿を、お子さんたちはずっと見ていらしたんですね」

老人が「嬉《うれ》しいことを言ってくれるねえ、お小遣いを……」と懐に手を入れたので、藍は慌てて押し留《とど》める。

「それで、何をきっかけに、清兵衛さんはただのお金持ちになられたんですか？」

これまでの清兵衛の人生は、真面目《まじめ》に働く市井の人のささやかな幸せを体現したような胸が温かくなるものだ。

そんな穏やかな人生に、いったい何があったのだろう。

「きっかけ？　そうそう、おそらくあれなんだよ。道で転んだ婆《ばあ》さまを見つけたんだ。足を痛めて気の毒だったから、家まで背負って帰ってやったのさ。ずいぶんと太っちょの婆さまでね。まるで大黒さまみてえだな、なんて思いながら、こっちも年寄りだから少々身体がふらつきながら、えっちらおっちら婆さまの言うとおりのところへ行ったらね……」

婆さまが「私の家だ」と言ったところは、荒れ果てたお稲荷《いなり》さまの境内にある小さな祠《ほこら》だったという。

「婆さま、ここは違うよ。ほんとうの家はどこだったのか、忘れちまったかい？」

困ったなあと思いながらも優しく声を掛けると、背負っていた婆さまは幻のように消えてしまったという。

「それからだよ。みるみるうちに、うちで飼っている三毛猫の腹が膨れてきたのさ」

清兵衛は、ぽん、と掌《てのひら》を叩いた。

「えええっと、清兵衛さんのお宅の三毛猫さんに赤ちゃんが生まれたんですね。それが、今のお話とどこでどう繋《つな》がるのか……」

藍は首を捻った。

「聞いて驚かないでおくれよ。生まれた五匹の仔猫《こねこ》は、ぜんぶ牡《おす》だったのさ」

清兵衛が握りこぶしをぎゅっと握って、子供のように、やった！　という顔をした。

「三毛猫の牡ってのは、何万匹に一匹しかいないという貴重な猫だよ。噂《うわさ》を聞きつけた猫好きの金持ちやら大名のお姫さまやら吉原の花魁《おいらん》やらがこぞってうちにやってきてね。どうかこのお猫さまを譲ってくださいと頭を下げるんだよ。そうはいってもうちの子だからねえ、って悩んでいたら金が足りないと思われたのか、どんどん値が上がっていっちまってね。結局、大事に可愛がってもらえるならと、一匹百両で、みんな里子に出てもらったよ」

清兵衛はにこにこと人の好《よ》さそうな笑みを浮かべている。

「仔猫が百両ですって？　そ、それは、とんでもないお話ですね」

「そうさ、まったく冗談みてえな話さ。わしみたいな貧乏人にゃ、一生かかっても使い切れねえさ」

清兵衛は腹を叩いて、かかかか、と笑った。

と、急にしょんぼりと肩を落とす。

「けどね、お嬢さん、あんたの言うとおりさ。この世には、金で買えねえものもあるんだね」

清兵衛は重苦しい息を吐くと、急に隈《くま》の目立った目元をごしごしと擦《こす》った。

3

「松次郎先生、どうぞよろしゅうお頼み申します」

清兵衛が黒い風呂敷を外すと、ぐっすり庵の客間に眩いばかりの光が差した。

「わわっ！　なんだ、なんだ！」

松次郎は呆気《あっけ》に取られた顔をして、あんぐりと口を開けた。

現れたのは金色の小袖だ。金刺繡《きんじしゅう》にほんの少しだけ使うような高価な糸で、反物を織っているのだろう。清兵衛の全身に、金箔《きんぱく》がぺたぺたと貼《は》ってあるように見える。

「出入りの呉服屋が、わしのために作った、って持ってきたんですよ。ちょいと派手すぎるようにも思えましたがね、せっかくわざわざ作ってもらったものをいらないと返すわけにもいかんでしょう。表を歩くときはカラスに目を付けられないよう、こうして黒い風呂敷で隠していますよ」

清兵衛は少し恥ずかしそうに、いそいそと黒風呂敷を畳んだ。

風呂敷を畳む手つきは素早く丁寧だ。端々に現れる真面目で人の好さそうな物腰は、ぎらぎらと嫌らしく輝く金きらきんの小袖にまったく似合っていない。

「まるで仏像みたいだな。俺がカラスなら、皆で協力し合って紐《ひも》で吊るして、問答無用で山奥に攫《さら》っていくぞ」

ぼそっと呟《つぶや》いた松次郎に、清兵衛は「似合っちゃいないのは、手前がいちばんわかってますよ。けど、金が余って仕方がないもんでね」と笑った。

「まったく羨《うらや》ましい限りだ。だが、ここへやって来たということは……」

松次郎が両腕を前で組んだ。

傍らに控えたねうが、清兵衛の顔を見上げて「きゅっ」と鳴く。

「そう、そうなんですよ。このところ、眠れなくなっちまったんです」

清兵衛が懐から出した大判小判の柄の手拭《てぬぐ》いで、額の汗を拭《ふ》いた。

「布団に入っても、明け方あたりまで目が冴《さ》えちまいましてね。毎日あくせく働く仕事があるわけでもねえ、ってんで、朝飯のあとに一眠りしてやろうと思っても、昼過ぎまでは身体が怠《だる》いのに心ノ臓がどくどく鳴って眠れやしないんです。ならば夜まで眠気を我慢して、今夜は早くに寝ようと決めると、その途端にうとうとしちまいます」

藍は大きく頷いた。

「夕暮れどきにお昼寝をしたら、夜はよく眠れなくなってしまいますよね」

ほんの少しうとうとするだけで、嘘《うそ》のように眠気が晴れた経験は藍にもある。身体の重さも消えて、先ほどまでの悲痛な気持ちまでもすっきり晴れて、そんなときは、眠りの大切さをしみじみ感じる。

だが、それは同時に、昼寝は時と場面をじゅうぶん気をつけないと、夜の本来の眠りにかなりの影響を及ぼすほどの大きな効き目が出てしまうということだ。

「最近じゃ、日がな一日、眠りのことばかり考えていますよ。今日はうまく眠れそうだ。こんな調子じゃ、今宵《こよい》は朝までそわそわと落ち着かないだろうなあ、って、始終頭の中はそんなことばかりです。今日は、松次郎先生にぐっすり眠れる薬を調合していただきたく……」

「ちっとも困っちゃいないじゃないか！　そんなものは、我慢しろ！」

松次郎がうんざりした顔で一喝した。

「ああ、くだらない、くだらない。この世の悩みのほとんどは金のせいだ。その心配がまったくない奴《やつ》がわざわざ悩みを探し出す姿ってのは、ほんとうにむかっ腹が立つな。なあ、ねう」

松次郎がねうの頭をごしごしと激しく撫でた。

「兄さ――先生っ！」

藍は、慌てて松次郎をぎろっと睨《にら》み付けた。

「俺は間違っていないぞ。清兵衛の顔をよく見てみろ。望むときにすぐにすっきり眠れないってこと以外には、何ひとつ悩みなんかないって顔をしているじゃないか。ああ、まったく、金ってのはたいしたもんだよ」

「……ええっと、金ならいくらでも払います」

清兵衛はきょとんとした様子で答えた。

「ほら見ろ」

松次郎が、よよよ、と泣き真似をして、ねうの毛並みに顔を埋めた。

「松次郎先生のおっしゃる意味はわかりますよ。わしは、金持ちになってから、ほんとうに毎日が幸せです」

清兵衛が控えめに微笑む。

「やめろ、やめろ、やめろ、やめてくれ。羨ましすぎて夢に出そうだ」

松次郎が頭を掻《か》き毟《むし》った。

「ですが先生、羨ましいだなんて、何をおっしゃいますか。わしが先生の齢の頃に暮らしていたところを思えば、このぐっすり庵は大名のお屋敷みてえなもんでございますよ」

清兵衛がくすっと笑って、天井を見回した。

「この家の厠《かわや》くらいの大きさの、小さな小さな部屋に、女房と子供五人でひしめき合ってね。寝るときは重なって眠りましたよ。雨漏りがひどくて床まで水浸しになっちまうってんで、わしと女房とで一晩中、子供たちの上で傘を広げていたこともありましたっけね。あの頃を思い出すと、今はほんとうに心から幸せです」

清兵衛はしみだらけの己の腕をしみじみと撫でた。

「そ、そうか。なかなか苦労したんだな」

松次郎は少々決まり悪そうに身を正した。

「松次郎先生、どうかぐっすり眠れる薬をお願いいたします。それさえ叶《かな》えば、わしはもういつ死んでも悔いひとつないと思っております」

「……縁起でもないことを言うな」

松次郎が唇を尖《とが》らせた。しばらく何か考えている。

「お藍、今日は、お前とねうの出番は必要なさそうだ」

膝《ひざ》をぽんと叩いて立ち上がって、薬箱に近づいた。

「すぐに眠り薬を調合してやろう。あっという間に終わるぞ」

「えっ？　先生、ほんとうですか？」

藍は思わず訊《き》き返した。

眠り薬。今までぐっすり庵を訪れた患者に、松次郎がそんな怪しいものを渡したことは一度もない。そんな薬があるというのなら、それひとつあれば眠りの悩みはすべて解決してしまう。

「ほい、ほい、ほい。さあ、できたぞ」

呑気な調子で粉薬を匙《さじ》で掬《すく》って、小袋に、ばっ、ばっと放り込む。

「この薬はたいそう苦いからな、息を止めたまま口に放り込んで、ぐいっと水で飲み下せ」

「ははあ、松次郎先生、ありがたや、ありがたや。お代はいかほどに――」

清兵衛は松次郎が差し出した小袋を、恭しく受け取って胸に抱いた。

「そうだなあ、この薬は、この世のどこを探しても、ぐっすり庵以外では決して手に入らないものだからなあ」

「おおう、それは、それは。なんて貴重なものを。いったいいくらお支払いすれば良いでしょう。金ならいくらでもございます」

「それじゃあ、十日後にまたここへ来てくれ。お代はそのときに話し合おう」

「へえっ？　お話し合いですって？　いかほどお持ちすれば良いのか、悩むところですなあ……」

「なーに。十両も持ってきてもらえば、じゅうぶん足りるだろう」

「ちょ、ちょっと、先生！　お待ちくださいなっ！」

藍は二人の間に飛び込むように割って入った。

眠り薬、だなんて間違いなくいんちきだ。兄さんはいったい何を考えているんだろう。

「なんだ、お藍、文句があるのか？　この薬は、十両でも安いくらいの効き目のあるとんでもない薬だぞ」

松次郎はどこか芝居がかった様子で胸を張る。

傍らでねうが、「んっ！」と得意げに鼻を上に向けた。

「さあ、清兵衛、そろそろ日が暮れるぞ。早く帰って、秘薬〝ぐっすり丸〟を飲んで、ぐっすり眠るんだな」

松次郎が尻を叩くように追い立てると、清兵衛は幾度も頭を下げながら、何とも嬉しそうな軽い足取りで帰っていった。

4

真夏のようにお天道さまが照り付け、雲一つない晴れた青空だ。雀《すずめ》がちゅんちゅん鳴いて飛び交う。朝の風の匂いが清々《すがすが》しい。

なのに千寿園の隅にある広い生家でひとり物思いに耽《ふけ》っていると、なんだか胸の中がもやもやする。

出過ぎた真似をせず、家でおとなしく――。

一心の、幼子をあやすような、藍のことを馬鹿にしたような口調が耳の奥で蘇《よみがえ》った。

何よ。こんな気持ちの良い日に家の中に引き籠《こも》っているなんて、ぜったいに嫌よ。

藍は草履を引っ掛けて千寿園の茶畑に飛び出した。

朝早いので、茶摘み娘たちはまだ畑に出ていない。

ずっと昔、母親の喜代《きよ》が生きていた頃は、ほっ被《かぶ》りの上から笠を被り陽除《ひよ》けの手甲を巻いて、茶摘み娘たちに交じって新芽を摘んだ。

二人で揃って茶畑に出ると、茶摘み娘たちはみんな笑顔で迎えてくれた。

「お嬢さん、お手伝いありがとう。助かりますよ」

「奥さま、今日は、より一層暑うございますね」

和やかにお喋りをしたり、ときに揃って歌を歌ったりしながら新芽を摘み取る作業は、とても楽しかった。

初夏の茶摘みは、まだあまり日差しに当たっていない枝先の黄緑色の新芽を摘み取る。

茎の部分を一緒にぷちんと手折ると、味わいに深みが出ると同時に苦みも感じる。柔らかい新芽だけをしごくように摘み取ると、渋みがほとんどなくまろやかな味わいになった。

どれも、父と伯父の蔵之助が長年試行錯誤を重ねながら編み出した方法だ。

ぼんやりと昔を思い出しながら茶畑の中の畦道を進んでいると、足元に木の枝や枯れ葉が目立った。摘み間違えた茶葉が、ぽいとそのあたりに放り捨ててあったりもする。

雑然とした畑は、そっくりそのまま使用人の心持ちを表しているようで胸が痛む。

だが今では同時に、うまく進まない商売に必死で励んでいた伯父夫婦の苦労もひしひしと伝わる。

藍は大きなため息をついて、嫌なくらい晴れ渡った空を見上げた。

「お藍お嬢さん、朝っぱらからこんなところでいったい何を？」

背後から聞こえた声に慌てて振り返ると、両腕を前で組んだ一心が、待ち構えていたように得意げな顔でこちらを見ていた。

一心は、伯父夫婦の家の離れでしばらく寝起きすることになるとは聞いていた。だが、これほど早起きだとは思わなかった。

「お空のおっかさんと、邪魔者を追い出す相談でもしていたか？」

一心が己の鼻先を指さした。

「そ、そんなことはありませんよ。せっかくの気持ちの良いお天気だから、少しお散歩でもしようかと。家にずっといたら、もったいないですから」

慌てたせいで、いかにも甘ったれの箱入り娘らしいつまらない答えをしてしまう。

「取り繕う必要はない。私は、そんな顔は見慣れている」

一心が鼻で笑った。

「それまで家族がどれほどあくせく働いていても、我関せずで遊んで過ごしていたくせに。己の居心地よい足場に変化が起きると聞くと、急に私を目の敵にして猛然と追い出そうと試みる。甘ったれのお坊ちゃん、お嬢ちゃんはみんなそんな顔になるって決まりさ」

「まあ」

あまりの言われように、藍は呆気に取られてぽかんと口を開けた。

何か言い返したい。けれど、一心の言うことには一理ある。ぐうの音も出ない。

「変わることを恐れるのは、年を喰《く》った証拠だ。己はこれ以上育たないと思っていると、時の流れが怖くなる」

一心がきっぱりと言い切った。と、直後に、「お？　なかなか良い言葉だ。もっと練れば使えるかもしれないな」と己の言葉に頷いて、懐から帳面と矢立を取り出してさらさらと書きつける。

「働かないと人はすぐに年を取る。だから女は、十八でもう年増と呼ばれるようになってしまうのさ。二十となればもう大年増だ。十八や二十なんて、男ならばまだまだこれからの青二才、っていわれる齢《とし》だってのにね」

一心は藍の反応を楽しむように、ちらりとこちらを見た。

「お言葉ですが、あなたに私の齢をどうこう言われる理由はありません。百歩譲って私の嫁入り先の相手、いえいえ、相手先の意地悪なお姑《しゅうとめ》さんくらいならばまだしも、何の関係もないあなたに、私という者を値踏みするようなことを言われるのは心外です」

この暴言にはさすがに黙っていられない。

藍は冷めた目で一心を睨んだ。

「そうかっかするな。私に反感を持つのはよくわかるが、お前の話をしているわけではない。ただ、世の常のことを言ったんだ」

一心がほんの一呼吸の間を置いてから、可笑《おか》しそうにくすっと笑った。

「お藍には、嫁入りの話がそんなにたくさんあるのか？　ずいぶん煩《わずら》わされているようだな」

やはり私の話ではないか。

藍は唇を尖らせた。

「ええ、それなりには。伯父さんたちは、私の行く末を心から案じてくださっているので、私にはもったいない、良い方ばかりでしたが」

「いや、そんなはずはない。厄介払いだ。この千寿園には、役立たずのただ飯喰らいを置いておく余裕はない」

一心が軽い調子で、藍の胸をぐさりと刺してきた。

「……えっ、ええ。確かにそうですね」

〝役立たず〟の〝ただ飯喰らい〟か。

誰かにここまではっきり言われたのは初めてだ。

なんだかかえって痛快な心持ちになってきた。藍はふっと息を抜いた。

「嫁に行きたくない理由があるのか？」

踏み込んだことを訊かれて、はっと気付く。一心には決してぐっすり庵の存在を知られてはいけない。

「いいえ、特に理由があるというわけではありませんが……」

「なぜだ？　若い娘が嫁がずに、働きもせずに、ただひたすら家に籠っていたい、なんてそんなはずはない。何かわけがあるはずだ」

一心が身を乗り出して藍の顔を覗き込んだ。

藍の胸の内を見透かそうとするような、鋭い目だ。

「何か、人に言えないことを隠しているのか？」

「い、いいえ。何もありませんよ」

焦って目を逸《そ》らす。

「男か？　とっくに、心に決めた想《おも》い人がいるのか？　その男に頼まれて、こっそり千寿園の金を横流しして……」

「まさか、そんなはずはありません！」

思わず大きな声で否定した。

と、直後にやってしまった、と思う。

これではまるで、一心の言った無茶苦茶な見立て以外のことは、ほんとうだ、と白状しているようなものだ。藍には今は嫁ぐことができない、千寿園を離れることができない秘密がある、と言っているようなものではないか。

「そうか、妙なことを言ってすまなかったな」

一心がふいに殊勝な態度に変わった。

数歩後ろに下がってくれたおかげで、何とか誤魔化すことができた、と、ずいぶんほっとした気持ちになる。

「お藍のことがわかってきた気がするぞ。お前は、千寿園が好きなんだな。おとっつぁんとおっかさんの思い出の残る、この千寿園が好きでたまらないから、ここから離れたくないんだな」

一心が優しく頷いた。

「そう、そうなんです！」

藍は大きく頷いた。

ほんのつい先ほどは、私をどこまでも厳しく問い詰めていた人が、なぜかいきなりこちらに都合のいい方へ誤解してくれたらしい。

「そうか、よくわかった。蔵之助殿には、当分、お前の心を尊重するように伝えておこう」

「ありがとうございます」

やれやれ助かった。

ほっとした笑顔を見せながら、でもなんだか少し胸の奥に引っかかる小石がある。

一心の掌の上でいいように転がされてしまったような、居心地の悪さを感じる。

そんなことないわ、考え過ぎよ。

藍は己に向かって胸の中で呟いた。

「どうした？　妙な顔をしているな。まだ何か私に言いたいことがあるのか？」

一心が小首を傾げた。

「い、いいえ。何も。それでは私、そろそろ家に戻りますね」

胸の中で広がる霧を払うように、勢いよく踵《きびす》を返した。

「お藍、ちょっと待て」

びくりと足を止めた。

「お前にこれを貸してやろう。ここには、私のことがすべて書いてある。これを読んで、私のことをどう思ったか聞かせてくれないか」

一心が懐から一冊の薄い本を取り出した。

5

外は風が強い。ひとりで暮らすにはがらんと広い家の戸口の戸が、がたがたと大きな音で鳴った。

藍は行燈《あんどん》の揺れる灯の元で、一心から渡された薄い本を開いた。これまでずいぶんたくさんの人の手に渡ったようで、紙はしんなりとくたびれている。

《万屋一心一代記》

表紙にはそう書いてあった。

まるで歌舞伎の演目になる物語のような、壮大な題名だ。

「一代記、ですって？　一心さん、そんな齢でもないでしょうに。変な題」

丸顔のせいもあって、まだまだ十代の若者に見えてもおかしくないような一心の顔が浮かぶ。

本を開いてみたら、大きな文字に驚いた。

それに挿絵が驚くほどたくさんある。ぱらぱらと捲《めく》っただけで、女子供が御伽草子《おとぎぞうし》代わりに読むことだってできるような、気軽な調子の敷居の低い読み物だとわかった。

一代記、というからには生まれてからこれまでのことを書き綴《つづ》っているのかと思いきや、これはまったくそんな本ではない。

見開きの右側に、二行ほどの格言じみた言葉が書いてあって、左側にはその言葉を説明するような挿絵がある、という妙なつくりだ。

「『明日には止む雨だと知っていたら、私は傘を差さない。金を拾うこの手がふさがってしまわないように』ですって。え？　これ、どういう意味かしら？」

藍は首を傾げた。

左側の挿絵には大雨に打たれてまっすぐ進む、鋭い目で凜《りん》とした風情の美しい男が描かれている。

「『過ぎゆくときは、私を置いてゆく。ならば私は、この命を置き去りにしよう。金の運はきっと向いてくる』。えっと、これはいったい……」

こちらの挿絵にも、先ほどの美しい男が描かれている。今度は、ひとり部屋で壁にもたれかかった憂いのある顔つきだ。

一心から渡された本は、最後までこの調子で続いた。

耳当たりの好い言葉ばかりを使っているので一見、名言に見えるが、落ち着いて考えてみると、どうも意味がよくわからない。

なぜか最後は唐突に〝金〟や〝運〟の話で終わるものが多かった。

子供の落書きで書いてあったのを見つけたなら、ぷっと噴き出して笑ってもおかしくないような奇妙な「名言」の数々だ。

だが、ひたむきに苦しい運命に立ち向かっているかのような美しい若者の挿絵と合わせて読むと、不思議と力が湧《わ》いてくるような雰囲気になってくるのがまったく妙な感じだった。

読み終わる頃には、この本の挿絵の若者とは似ても似つかないはずの一心の丸い顔が、まるで役者のような憧れの存在として意識されるかのような気がした。

「一心さんって、いったい何者なのかしら」

一心はこの本を渡すことで、己をただのつまらない商売人ではない、と藍に伝えたかったのだろう。

だが藍の胸には、どんどん黒い雲が広がっていく。

両親と伯父夫婦とが大事に守ってきたこの千寿園が、こんな薄っぺらい「名言」を繰り出す一心の手によって、どんな形に変わってしまうのか。

ぞっとするくらいちっとも見当がつかないのだ。

「おとっつぁん、おっかさん、私、どうしたらいいの」

藍は天井を見つめて眉間に深い皺を寄せた。

本を閉じて行燈を吹き消して、鼻先まで掻巻《かいまき》を被った。

これから千寿園はどうなるんだろう。これからぐっすり庵はどうなるんだろう。

これから私はどうなるんだろう。

いちばん、こんなときに問いかけてはいけない言葉だとわかっているのに。そう胸で唱えた途端に、何もかもが駄目になってしまうような不安に襲われた。

眠気なんてちっともやってこない。

早く寝なくちゃ。眠らなかったら、すべてが悪い方に行ってしまう。

そんな己を追い詰めるような言葉が頭から離れず、どんどん息が浅くなっていく。

ああ、どうしよう、と心で呟いて、目頭に涙が浮かんだ。

「にゃあ」

ふいに聞こえた鳴き声に、ぱちりと目を開けた。

「まあ、ねう。来てくれたのね」

ごろごろ、と喉《のど》を鳴らす音が聞こえて、白黒の毛並みが目に入った。

ねうがにゅっと首を伸ばして、藍の顔を覗き込む。

戸口はしっかり閉めたはずだが、ねうだけは軒下から秘密の通路を通ってこの家に自由に出入りできる。

ねうの毛並みを撫でると、ひんやり冷たい。

普段松次郎と一緒に暮らしているぐっすり庵からこの家まで、林を通り抜けて強い風の中をはるばる訪ねてきてくれたのだ。

「ありがとう、いい子ね」

ねうに頬を寄せると、ざらざらした舌で頬《ほ》っぺたの涙をじゃりっと舐《な》められた。

ごろごろ喉を鳴らす音が、一層大きくなって、藍の喉元あたりまで響いてくる気がした。

熱いくらいのねうの身体の温《ぬく》もりが指先に伝わると、ふわっと大きなあくびが出た。

ささくれ立っていた心が、真綿で包まれたようにほんのりと温かくなってくる。

「泣いていないわ。平気よ。私、明日も頑張るわ」

今このときにぐっすり眠れば、きっとうまく行く。

たくさんの力を蓄えて、ぱちっと目覚めれば、きっと今日よりも良い明日が広がる。

藍はもう一度大きなあくびをした。

ねうの毛並みがぐぐっと強張って、そしてしゅうっと力が抜ける。

あ、ねうも、あくびをしたんだわ。

胸の中でぽつりと唱えながら、藍はゆっくりと穏やかな眠りに落ちた。

6

それから数日間は、荒れた天気が続いた。

しとしとと降り注ぐ雨に加えて、時折ごおっと吹き抜ける強い風だ。藍はぐっすり庵に顔を出す気力もなくして、ぼんやり一心の本を読み直しては胸がざわつく心持ちになって——を繰り返していた。

こちらの家に居座ってくれたねうのおかげで、どうにかこうにか遅くなる前に眠りにつくことはできた。だが、一日のうちで眉が八の字に下がっていないのは、目覚めたその時だけだ。

朝の着替えをしているうちから、肩がしょんぼりと落ちて、口元も、眉も下がって困ったような顔になってしまう。

「うーん、そうじゃないわ。でも、えっと、うーん……」

一日中、家の中を、厳《いか》めしい顔でぐるぐる歩き回った。

ようやく天気が戻ったのは、ここ数日の鬱憤《うっぷん》をすべてぶちまけたような激しい雨が通り過ぎた後の、夕暮れどきだった。

藍は表に広がる西日の気配に、庭に面した障子を開けた。

庭に溜《た》まった水たまりに、紫と橙《だいだい》と赤と群青が混ざり合った見事な夕焼け空が映っていた。

林のほうでは、寝床へ戻った雀たちがけたたましく鳴いている。

ねうが、それじゃああっちの家に帰るか、という顔で、すとんと庭に飛び降りた。

「ねう、一緒にいてくれてありがとう。途中まで送って行くわ」

藍は濡《ぬ》れた草を踏みながら、ねうと一緒に歩き出した。

最近、まったくぐっすり庵に行けていなかったけれど、兄さんは元気にしているのかしら？

そういえば〝ぐっすり丸〟なんて妙な薬を渡した、あの清兵衛さんは――。

「お嬢さん……、助けておくれ。お小遣いをあげるよ」

足元で聞こえた声に、ひっと叫んで飛び上がった。

「せ、清兵衛さんですか⁉　たいへん！」

ぐっすり庵に通じるけもの道の途中で、清兵衛がぺたんとうつ伏せになって倒れていた。

倒れた拍子に羽織っていた黒い風呂敷はどこかへ飛んで行ってしまったのだろう。金ぴかの着物の袖がひどく濡れてところどころ破れている。

「大丈夫ですか？」

慌てて抱き起こすと、清兵衛は「ああ、ありがとう。情けないねえ。身体に力が入らなくなっちまったんだよ」と真っ青な顔で力ない笑みを浮かべた。

先日見たときよりもずいぶん窶《やつ》れて、目元にも隈が目立つ。

この人はあれからろくに眠れていないのだ、と一目でわかった。

清兵衛の肩を支えながらぐっすり庵に辿《たど》り着くと、松次郎は縁側で手製の猫じゃらしを振り回していた。

ねうが「ぎゃっ」と喜びの声を上げて飛んで行く。

「ねうっ、ようやくのお帰りだなっ！　さあ、来い！　松次郎特製の、猫じゃらし——もとい、猫走り、猫飛ばし、猫乱れだぞ！」

松次郎が草の茎を編んで作ったおもちゃを激しく振り回すと、ねうは「うおおおお」と虎のような雄叫《おたけ》びを上げて、どたんばたんと駆け回った。

「先生！　清兵衛さんがいらっしゃいましたよ。先ほど道端で倒れていらっしゃいました。お具合がよろしくないようです」

藍は、冷ややかに言った。

私がたいへんな日々を過ごしている間も、兄さんはこの隠れ家でずっと呑気に暮らしていたのね、と思うと、むっとする心持ちにもなる。

「ありがたい秘薬の〝ぐっすり丸〟はきちんと飲んだか？　十両を持ってきてくれたか、それとも文句を言いに来たのか。どちらにしても、またのお越しを待ちわびていたぞ」

松次郎はどこか芝居がかった様子で、おもちゃを振り回した。

「それが、先生、文句なんてわけじゃありませんけれどね……」

清兵衛は決まり悪そうに頭を掻いた。

「あのぐっすり丸は、妙なんです。もらったその日だけは、驚くほどよく効きました。一口飲んだだけで、あっという間にぐっすりです。ですが次の日に、息子一家が遊びに来たんですよ。仲間との付き合いやら嫁の着物やらでまた少々金が要る、って話だから、用立ててやってね。みんな大喜びで、にこにこして帰りましたよ。でもその夜に……」

「ぐっすり丸の効き目がなくなってしまったんですね」

藍の言葉に、清兵衛は申し訳なさそうに頷いた。

「はい、ぐっすり丸をしっかり飲んだのに、ちっとも眠くなりません。何かの間違いかと思って数日、様子を見ましたがね。変わりがないどころか、どんどんひどくなっていって、明け方まで眠ることができないようになってきました。今では日中はずっとぼんやりしています」

「それは困りましたね。さあ、先生。どうされますか」

元から藍は、十両の価値があるとはちっとも信じていなかった怪しい薬だ。

藍は両腕を前で組んで、松次郎を睨んだ。

「困ることは何もない。ぐっすり丸なんてもんは、はなからいんちきだ。万が一清兵衛が大喜びで十両を持ってやってきたら、申し訳なくて俺のほうが眠れなくなるところだったぞ」

松次郎はねうに向かってぽいっ、とおもちゃを放ると、少し真面目な顔をして座り直した。

「ええっ、いんちきだって⁉ それじゃあ、わしのことを担いだ、ってわけですかい？」

清兵衛は、怒ってよいやらどうしたらよいやらわからない様子で、人の好さそうな目を白黒させている。

「貰ったその日は、驚くほどよく効いたと言ったな？」

「はい、その日だけは……」

「それを聞いて安心した。清兵衛が眠れない理由は、身体の不調ではなく己の心の中にある。最初の夜にいんちきの薬で眠ることができたのは、清兵衛の心が、薬の効能を信じ込んでいたからに他《ほか》ならない。もっとも、偽の薬ではすぐに効き目はなくなってしまったようだが……」

「わしの心、ですか？　わしには悩みなんて何もありませんよ。何せ金ならいくらだってあるんですからね」

清兵衛がきょとんとした顔をした。

「このぐっすり庵では、眠れない理由が身体のことならば、私が治すことができる。しかし胸の内のことならば……」

おもちゃを咥《くわ》えたねうが、「にゃーん」と鳴いて一歩進み出た。

「眠り猫のねう、だ。どれほど眠ることができずに苦しんでいる者でも、この猫を撫でればその場でたちまち眠くなる。さあさあ、清兵衛、ぜひともねうを撫でてみろ」

「へっ？　この猫がですかい？」

清兵衛が首を傾げて、ねうをしげしげと眺めた。

「そこいらへんにいる野良猫みたいな、何の変哲もないのんびりした顔をしていますがね……。この子にそんな効能があるってんなら、ぜひ百両を払ってでもうちに迎え入れたいもんですよ」

怪訝そうな顔つきながらも、三毛猫を飼っているという猫好きだ。

清兵衛はにっこりと笑って、ねうの頭をちょい、と撫でた。

ねうが、もっと撫でてくれ、というように身を擦り寄せる。

「おう、よしよし。白黒猫ってのも、なかなかいいもんだねえ。白と黒、って、まるでおにぎりみてえな色遣いだ。なあ、お前、可愛い顔をしているなあ」

清兵衛がねうの頬を両手で挟んで、顔を覗き込んだ。

「あれ？　おかしいな」

清兵衛が瞼《まぶた》を擦《こす》った。大あくびをして、また瞼を擦って、しきりに目をしばたたいている。

「まさか、まさか、こんなことがあるのかい……？」

清兵衛の言葉の終わりは、むにゃむにゃと口の中で消えた。

7

ねうと清兵衛の高鼾《たかいびき》を聞いていると、藍までもなんだか眠くなってくる。

己の両頬を軽くぴしゃりと叩いてから、藍は松次郎に向き合った。

「〝ぐっすり丸〟は、清兵衛さんのこの薬は十両もするから効くはずだ、って思い込みを使った、いんちきの薬だったのね。よかった、驚いたわ。だってもしも、ほんとうに効く眠り薬があるんだったら、眠れなくて困る人なんてどこにもいなくなっちゃうでしょう？　ぐっすり庵は、商売上がったりだわ」

ほんとうにそんな薬があるのなら、きっと今の藍は、その薬を毎晩飲みたくなってしまうだろう。

ぽいっと口に放り込めば、先行きへの不安をすべて忘れてぐっすり眠ってしまえる、夢のような薬。

それさえあれば、この世の辛《つら》い出来事からいつでも穏やかな眠りの世界に逃げることができる、秘薬――。

「眠り薬は、夢物語なんかではないぞ。研究は日々進んでいる。紀州藩の華岡《はなおか》という お抱え医師が、患者を薬で眠らせて手術をする方法を見つけたのは二十年以上前だ。おそらく近いうちに、もっと気楽に人々を眠らせることのできる薬も見つかるだろうな」

松次郎があっさりと答えて、両腕を前で組んだ。

「えっ？　そうなの？　じゃあ私も……」

藍は目を輝かせて身を乗り出した。

「だが、眠り薬の効能と、皆が安心して眠り、前向きに次の日を迎え、壮健に生きることができるかというのは別の話だ」

松次郎が首を横に振った。

「今の私だったらきっと、そんな薬があったらすぐに飛びつきたくなっちゃうわ。薬をひとつ飲むだけで、昼間のうちに起きる余計なことをすっかり考えないで済むなんて、最高でしょう」

うっかり口を滑らせて弱音を吐いてしまった、と慌てて口元に手を当てた。

「眠りとは、まだわからないことがたくさんある。人はどうして眠ることが必要なのか、眠ることによって頭や身体、そして心で何が起きているのか、わからないことだらけなんだ」

松次郎は、額、腹、そして己の胸元を指さした。

「眠り薬は、外科の手術の際はもちろん、どうしても眠れなくて身体に不調をきたしてしまった者に頓服《とんぷく》として与えるならばとても良いものとなる。だが、お藍のようなただの甘ったれに眠り薬なぞ渡して、後から身体に障ったらたいへんだ。お前には眠り薬なぞいらん。きっとうまく乗り越えることができるさ。そうしてもらわないと何より俺が困る」

「えっ？」

思いがけない言葉に、驚いて顔を上げた。兄さんは、千寿園に大きな変化が起きているると気付いているのだ。

と、松次郎はぷいっと横を向く。

「だいたい素人は、薬、薬と気軽に言うがな、身体に何らかの影響を及ぼすものは、元はといえばすべて毒なんだ。その毒の調合をうまく考えて、ただの毒ではなく薬にするのが医者の仕事さ。お藍も知っているとおり、俺は誰もが認める名医とは程遠いという自覚がある。〝眠り〟なんてちっとも正体のわからないものに効く薬なんて、万が一のことがあったらと、怖くて怖くて仕方ないさ。百両もらったって患者には出したくないぞ。ええっと、それで、何の話だったかな？」

いつもの調子で松次郎がぺらぺらと喋《しゃべ》り出したところで、肘枕《ひじまくら》で横になった清兵衛が「ううう」と微《かす》かな呻《うめ》き声を上げた。

「兄さん！　静かに！」

藍は慌てて息を潜めた。

すやすや眠っていたねうが、「ん？」と眠そうな声で鳴いて、顔を上げた。

「……怖い、怖い」

清兵衛が絞り出すような声で言った。

藍と松次郎は顔を見合わせた。

「饅頭《まんじゅう》怖い、みたいなもんか？　大判小判が怖いよう、と続けるつもりじゃないだろうな。生憎《あいにく》、うちにはそんな洒落《しゃれ》たものは一つもないぞ」

松次郎がぺろっと舌を出した。

「しっ、兄さん。清兵衛さん、本気で怖がっているわ」

清兵衛の額には汗が滲《にじ》んでいる。眉間に苦悶《くもん》の皺が寄る。寝ぼけたまま指先を震わせて、何かから逃れようとしていた。

「……怖い、怖いんだ。死にたくないよう。……死にたくないんだ！」

清兵衛がかっと目を見開いて、跳び起きた。

「い、今、わしは何て言ったんだ？」

清兵衛は、汗びっしょりになった額を掌で拭うと、藍と松次郎の顔を交互に見た。

「死にたくないと言っていたぞ。怖い、怖い、死にたくない、とな」

思ったよりもずっと重い言葉に言い淀《よど》んだ藍の横で、松次郎が平然と答えた。

「死にたくない……ですか。いやはや、何とも物騒なことを」

清兵衛は気の抜けたような顔をして、ため息をついた。

「金があり過ぎるというのも、一長一短だな。毎日浴びるように金を使って、生きていくのに不安なぞどこにもない、ってなると、あとは怖いものは死ぬことだけか。いくら何でも、それればかりはどうにもならんぞ」

「いえ、先生、それは違います」

藍は松次郎の言葉を遮った。

「清兵衛さん、先日眠れなくなった日、息子さん夫婦にお金をあげたとお話しされていましたね。息子さんたちは、以前は力を合わせて清兵衛さんのご隠居生活を助けてくださっていたのに、今は、お小遣いを貰いに来るんですよね?」

「ああ、そうだよ。でも、わしはほんとうに金なんていくらでもあるんでね。ケチ臭いことをすることもないだろう、と、欲しいだけ、いくらでも与えてやっているよ」

松次郎が、藍の真面目な顔の意味がわからないという様子で、肩を竦《すく》めた。

「今はそれで良いでしょう。ですが清兵衛さんが今、お亡くなりになったら、きっと、ご家族はとても苦労されます。これまで一所懸命働いてきた清兵衛さんには、きっとそれがわかっていらっしゃるはずです」

藍の胸に、千寿園の娘として何不自由なく育った己の姿がちらりと浮かんだ。

どんなに優しくても、金持ちでも、権力を持っていても、親は子よりも先に死ぬのが常だ。

甘やかしてもらえばもらうほど、親の死んだ後に残された子供は、先行きを迷うことになる。

「……わしが、死んだ後のことか」

清兵衛は、ぼんやりした顔をした。

「失礼なお話を、すみません。でも、清兵衛さんが、お金持ちの楽しい生活を手放したくない、なんて理由で眠れないようにはどうしても思えないんです」

藍は深々と頭を下げた。

「にゃーん」

ねうが藍の横に並ぶと、清兵衛の顔をまっすぐに見て鳴いた。

8

私は何が怖いんだろう。

藍は天井を見上げて横になり、腹の上で丸くなったねうを撫でながら己に問うた。

雨風凌《しの》げる家があって、とりあえず明日の飯には困らない。養わなければいけない老いた親や、子供がいるわけでもない。

ちらりと松次郎の頼りない顔が浮かぶが、兄さんはもう大人なんだから自分のことは自分でしっかりしてくださいな、と胸の内で呟く。

私はまだ何も持っていない。言い方を換えれば何も失うものはない。ほんとうは、何一つ恐れるものなどないのに。

それなのに、どうしてあれこれ悩んで眠れなくなってしまうのだろう。

「清兵衛さん、どうかうまく眠れていますように……」

若い頃から身を粉《こ》にして働きづめた末に、晩年になって急に大金持ちになった清兵衛。今まさに、世の中の厳しさに放り出されようとしている藍とは正反対だ。

だが私たちは、同じように何かを怖がって眠れない。

それは、人の力では決して思いどおりにはならない、己の行く末だ。

眠る前の疲れた身体で、心の内に広がる激しい川の流れを見つめていると、ふいに足を滑らせて、暗い水に落ちてしまうような気がするのだ。

藍はゆっくり身体を起こした。

「んにゃ？」

ねうが身体を起こして、迷惑そうに細目を開けた。

「ごめんね、ねう。すぐに終わるわ」

行燈に灯《とも》を点して、文机《ふづくえ》の前に座った。

紙を広げて、今、頭の中に渦巻く出来事をつらつらと書いてみた。

伯父夫婦の窮状にまったく気付くことができなかった、己の情けなさ。

一心という、摑《つか》みどころのない男。何を書いているのかよくわからない胡散臭《うさんくさ》い「名言」の本。

そして何より、これから私はどうなるんだろう、なんて、決して誰にもわからないはずの、悲観的な問いかけの言葉。

「出過ぎた真似をせず、家でおとなしく、ですって？　私、そんなのぜったいに嫌よ。今は〝役立たず〟の〝ただ飯喰らい〟だけれど、いつかきっと、おとっつぁんやおっかさんが喜ぶような、この千寿園で役に立つ人になってみせるわ」

考えてみると、一心にはずいぶんと腹の立つことばかり言われたものだ。

まるでわざと藍を怒らせているような……。

乱雑な字であれこれ書いているうちに、なんだか肩の力が抜けていくのを感じた。

明日のことは何もわからない。

今日よりももっと嫌なことがあるかもしれないし、もしかしたら、ほんの少しだけ新しい一歩を踏み出せるかもしれない。

「新しい一歩……」

茶畑の光景を思い出してみる。

ほんの一歩でいいから。己の足で進んでみることはできないだろうか。

一心が現れる前のように、「この千寿園で働くと決めた」と皆に宣言するなんて、そんなおこがましい、甘ったれたことは考えていない。

けれど、ほんの少しでいいから、明日を今日と違う日にすることはできないだろうか。

傍らでねうが「にゃあ」と鳴いた。

藍の膝の上にぽてぽてと前脚を置いて、頰を寄せてくる。

「そうね、ねう。あんたがいてくれるわ。ありがとう」

藍は筆を置くと、掌を大きく開いて、ねうの背を撫でた。

そうだ、私にはねうがいる。そしてぐっすり庵には、頼りないけれどいつもお気楽な兄さんがいる。

この二人は、私のことをおとっつぁんやおっかさんみたく「いい子、いい子」なんて褒めてはくれないけれど。でもいつだって、ちょっとした優しさを携えて側《そば》にいてくれるのだ。

文机の上の紙には、藍の胸の奥に溜まっていたものがずらりと書き出されている。

「千寿園に、私が働く場所はどこにもなかった」

「一心に酷《ひど》いことを言われても、何も言い返すことができなかった」

「今度こそ、嫁入りをさせられてしまうかもしれない」

などなど。

どれもよくよく見ると、思うように動けない己への文句ばかりだ。

けれど一見、己を責めているようでいて、その実、己を阻むもののことばかりに目を向けている。

このままでは嫌だと思っているくせに、自分で自分の周囲に分厚い壁を築いて、こんな分厚い壁を壊すことは決してできない、と落ち込んでいるような有様だ。

ねうがごろごろと喉を鳴らす。藍の目の前に、ふわっと眠りの靄《もや》がかかったような気がした。

「ちょ、ちょっと待ってね。今、ここで寝入っちゃったらたいへんよ」

藍は慌てて紙を手に取った。もう一度素早く全体に目を走らせてから——。

びりっと半分に裂く。

半分にしたものをもう一度半分に。さらにまた半分に。さらにまたまた半分に。

びりっ、びりっ、と胸のすく音に合わせて、情けない自分の姿が粉々に小さくなっていく。

あっという間に出来上がった紙吹雪を、飛ばしはせずにざっと屑入《くずい》れに放り込んだ。

「ああ、すっきりした！　おやすみなさいっ！」

大きく息を吸って行燈の灯を吹き消した。

寝入りばなに暗い所で書き物なんてしたせいで、目がしょぼしょぼする。

まだ新しい墨の匂《にお》いに、寺子屋での厳しい手習いを思い出して、思わずあくびが出た。

つい先ほどまで胸の内を回っていたいろんな不安な言葉は、すべてごっそりまとめて屑入れに放り込んでしまった。

心の中はちょっと寒々しいくらい空っぽだ。

「ねう、おやすみ。また明日ね」

藍が囁《ささや》くと、ねうが「うがっ」と低い鼾で答えた。

9

一心から借りた本を携えて藍が早朝の茶畑に出ると、一心は茶葉に顔を近づけて何やら難しそうな顔をしていた。

「おはようございます。一心さんのこの本、読みました」

藍が声を掛けると、一心が、つい先ほどまでの険しい顔をふっと緩めた。

「案外、読みやすかっただろう。私の本を熱心に読んでくれるのは、不思議とお藍のように勝気な女が多い。まず先に己が私に心酔して、それから亭主に熱心に勧めてくれるんだ」

一心は受け取った本を大事そうに懐にしまった。

「不思議な本でした。一心さんが人を動かす、と言った魅力の一端を感じました。きっと一心さんはこの本の言葉のとおり、お金をたんまりお持ちなんでしょうね」

「え？　あ、ああ。もちろんそうだ」

一心が、藍の明け透けな言葉に少々面喰らった顔をした。

いけない、と藍は肩を竦めた。

屈託なく「お金なんていくらでもあります」なんてにこにこ笑っていた清兵衛のせいだ。慌てて続ける。

「ですが一心さんは、実のところはどんな仕事をしている方なんですか？　一心さんは……」

「中身のない空っぽな男だ、と。そう言いたいんだろう？」

一心がにやりと笑った。

ぐっと黙り込んだ藍に、一心は「今日はこれから町へ出る用がある。散歩がてら付き合ってくれるか？」と、藍の答えを聞かずに歩き出した。

「そ、そんな。空っぽだ、なんて言うつもりはありません。私はただ、一心さんがどういうつもりであの本を書いたのかが、ちっともわからなくて……」

藍は慌てて後を追う。

滝野川沿いを早足で歩きながら、一心はここ数日の雨で水かさの増した流れに目を向けた。

「私は商売で、お藍の言う〝実のところ〟を動かしているわけではない。私が動かすのは、重くて大きな米俵や茶畑の葉っぱではなく、目には見えないものだ。つまり、人の心さ」

一心が己の胸元を拳で、とん、と叩いた。

「私は幼い頃、親と死に別れて天涯孤独な身の上になってね。寺に預けられたんだ。そこには、たくさんの人が住職に己の悩みを話しにやってきた。住職はそのひとつひとつに親身になって答えていらしたさ。盗み聞きしていた幼い私が、なるほど、と膝を叩くような答えもいくつもあった。だがね、そこで悩みを打ち明けてすっきりした人々はどうなったと思う？」

「気が楽になって、毎日ぐっすり眠れるようになりましたか？」

藍は真面目に答えたつもりなのに、一心はぴしゃりと額を叩いて「そうだ」と失笑した。

「そのとおりだ。つまりほとんどの者が、せっかくの住職のありがたい言葉を何も生かすことなく、すっきりして枕を高くしてぐうぐう惰眠を貪《むさぼ》った、というだけだったのさ」

「眠ることは、大切なことだと思いますが……」

一心は藍の反論が聞こえない顔をした。

「私は、それではあまりにも情けないと思った。わざわざ悩みを解決したならば、それを何か有用なもの、つまり金に換えるべきだと。試しに私は、人を集めて辻説法の真似事をしてみたのさ。住職のお言葉をちょいちょいお借りしながら、結局は、どうにかして己の心を奮い立たせて、一銭でも多く金を稼ぐように仕向ける説法だ」

一心の急ごしらえの辻説法を聞いた人々は、当初は、なんて品のない話をするんだと冷ややかな笑いを浮かべていたという。

一心の話は必ず、こうこうこうして己の悩みを捨てて、結局最後は、たくさんの金を稼いで良い暮らしをしよう、というところに行きつく。

皆が皆、金のためだけに働いているわけではないぞ。

そんなことを言って、一心の心根の浅ましさを窘《たしな》める者もいた。

しかし、一心が周囲の声をものともせずに辻説法を数ヶ月続けるうちに、妙なことが起きた。

客たちは、一心のあまりにも明け透けな金儲《かねもう》けへの想《おも》いを聞いていると、なぜかぐんぐん力が漲《みなぎ》ってくるということに気付いたのだ。

「いつの間にか、私の話を聞きに、たくさんの人が集まってくるようになったさ。私の評判を書いた読売は、飛ぶように売れた。私のあの本を、皆がこぞって読んだ。私自身が何の商売もしなくとも、世で使い尽くされた名言を、商売の心得、金儲けの心得として言い換えるだけで大評判だ」

藍は、納得できるようなできないような、の心持ちで頷いた。

「そのうち私は大店の主人に呼ばれて、商売の相談を受けるようになった。私の忠言を聞き入れるとどんな傾きかけた商売もうまく行く、とな。今では、ぜひ来てくれという声があちこちから引きも切らずだ」

「でも、そんなに忙しい一心さんが、どうして千寿園にいらしたんですか？」

伯父夫婦に商売の忠言を授けるだけならば、ほんの数日でできることだ。

わざわざここに寝泊まりして、千寿園の茶畑にまで顔を出す必要はないはずだ。

つい先ほど茶畑で目にした、一心の難しい顔を思い出した。あれは本気で茶葉について考えている人の目だった。

「千寿園の借金を立て替えたのは、越中富山《えっちゅうとやま》の薬種問屋の大店さ。とんでもなく金に煩《うるさ》い主人だから、決して失敗するわけにはいかないのさ」

「越中富山の薬種問屋ですって？　そんな遠くのお店がどうして西ヶ原に……」

「お藍、足元に気を付けろ。ここ数日の雨でずいぶんぬかるんでいるようだ」

一心がふいに振り返ると、飛びつくように藍の背を抱いた。

ん？　と思う。

急に引き寄せられたりなぞしたら、かえって足元が縺《もつ》れる。もしほんとうに藍のことを気遣っているならば、ここは手を差し伸べるところだろう。

「えっと、平気です。ぬかるみくらい何てことありません。ひとりで歩けますよ」

やんわりと一心を押し返して、今のはいったい何だったのだろう、と胸の内で首を傾げていたところに、「おーい」と呼びかける声が聞こえた。

「あらっ？　この声はもしかして……」

振り返ると、棒手振りの男がこちらに向かって手を振っていた。

褌《ふんどし》から覗いた足は細く皺がかなり目立つが、足取りはしっかりしている。

「お嬢さん、お世話になったね」

清兵衛がほっ被りを外して笑った。

「お嬢さん、それとあの先生のおかげで……」

「あっ！　一心さん、こちらは亡くなった母のお友達の方です。急いで後を追いかけますので、先に行っていらしてくださいな」

咄嗟《とっさ》に嘘が口をついて出た。林の奥のぐっすり庵の存在を、一心に知られてはいけない。

「ああ、わかった。先を行っているよ」

藍は一心が歩を進めたのを確認してから、「その格好、驚きました」と清兵衛に声を潜めて言った。

「わしが、あんたたちのおっかさんのお友達だって？　松次郎先生、なかなか訳ありなんだね。承知したよ」

清兵衛は、かかか、と頼もしげに笑って半纏《はんてん》の袖を捲《まく》った。

「どうだい、この着物、似合っているだろう？　数年ぶりに押し入れから引っ張り出してきたのさ」

「棒手振りのお仕事をされていたときのものですね。格好良いですね」

足元は褌一丁に、上はくたびれて色が変わった藍色半纏だ。だが、金きらきんの小袖を黒い風呂敷で隠していたときよりも、この姿のほうが清兵衛にずっとよく似合っている。

「あれから、考えたのさ。あの大金がなくなっちまうのが、怖くなくなる方法をね。女房に訊いたら、もっともっと節約しろと言われたさ。息子に訊いたら、何とも気まずい顔で頭を掻いていやがったよ。でもね、いくらちょびっとずつ大事に使っても、もう甘やかすのはやめたぞ、って子供たちに宣言したとしても、そんなことじゃ何も変わらねえのさ。だって金なんてもんは、どれほど大事にしたって、いつかきっとなくなっちまうんだからな」

「それじゃあ、どうやって……」

「元のところに戻ったのさ。働くんだよ。日銭を稼ぐんだよ。毎日身体を動かして、明日の飯の分を稼ぐのさ。いったい家にいくら貯《た》め込んでいるかなんて、そんなものは人の心持ちには何も関係ないのさ」

清兵衛が己の腕の力こぶをぴしゃりと叩いて見せた。

「お嬢さん、わかるだろう？　働くことは生きることとさ。そして生きることは……」

清兵衛が得意げに胸を張って、額の汗をぐいっと拭いた。

「清兵衛さん、眠れるようになったんですね」

藍の言葉に、清兵衛は大きく頷いた。

「そうさ！　こうして働き始めてからは、毎晩ぐっすりだよ。松次郎先生に、くれぐれもよろしく伝えておいておくれ！　あ、あの眠り猫にもね」

清兵衛とにっこり手を振り合って、藍は晴れた空を見上げた。

清兵衛は、きっと一心の辻説法を聞いても、かかか、と高笑いをするに違いない。あの妙ちきりんな「名言」の本を読んでも、少しも胸がざわついたりなんてしないに違いない。

「よかった、清兵衛さん。私も頑張らなくちゃ」

この憂き世では、皆がそれぞれ先行きへの不安な気持ちを抱えながら生きている。

その不安をすっきり消してしまうことができれば良いが、それはそうそう簡単なことではない。目玉が飛び出るような大金を持っていても、大事な家族に囲まれていても、人は悩み眠れなくなるのだ。

誰もが己なりのやり方で、不安にからめ取られないように精一杯生きていかなくてはいけない。

「一心さん、もうずいぶん先に行っちゃったはずね。急がなくちゃ」

早足で進み始めたそのとき、道端の岩に腰掛けていた一心が立ち上がった。

「あらっ？　そこで、待っていらしたんですか？」

どきんと胸が鳴った。

藍と清兵衛が話し込んでいたところから、ずいぶん近い。

「お藍、松次郎というのはお前の兄貴の名だな？　蔵之助殿から、長崎に留学したまま行方不明と聞いたが」

両腕を前で組んだ一心の瞳が光った。

「え、えっと、そのとおりですよ。兄さんは、今も長崎に留学したまま行方不明で、心配で心配で、たまらないんですよ」

蛇に見込まれた蛙《かえる》の気分で、藍は身を強張らせて答えた。

その壱

眠り薬の今と昔

不眠に悩む人の多い現代社会。精神科や心療内科で、症状に応じた睡眠薬を処方されているという人は珍しくないでしょう。

医師が症状と副作用のバランスを考慮したうえでの適切な診断ならば、睡眠薬というのは、時に、心身の不調にとても効果的なものとなります。

ですが、科学的な研究の発達していなかった江戸時代。「眠り薬」というのは、意識を消失して命を落としてしまうほどの劇薬と紙一重の、危険なものでした。

患者の命の危機と隣り合わせになるような深刻な場面以外では、使われることはありません。

つまり江戸時代の「眠り薬」の発展は、外科手術の痛みを感じさせない麻酔薬の研究とともにありました。

松次郎も話していた紀州藩のお抱え医者、華岡青洲《せいしゅう》は、日本で初めての全身麻酔での乳癌《にゅうがん》手術を成功させた外科医です。

青洲は、患者が意識と痛覚を完全に失った状態になる全身麻酔を成功させるために、曼荼羅華《まんだらげ》（チョウセンアサガオ）や草烏頭《とりかぶと》など、現代では猛毒として知られる薬草を調合しました。

青洲が薬草の最適な配合を知るまでの間に、どれほどの深刻な犠牲があったかと思うと、松次郎が眠り薬を極力恐れる気持ちもわかるような気がしますね。

第二章　眠れぬ親心

1

「どうだ、捗《はかど》っておるか？」

茶菓子を載せた小皿を手にした又十郎《またじゅうろう》は、息子の伝太郎《でんたろう》の背に向かって普段よりも優しい声を掛けた。

暗い部屋に、朧《おぼろ》げに行燈《あんどん》の灯が揺れる。妻も女中たちもとっくに寝静まった夜更けだ。

「あ、おとっつぁ……父上！」

伝太郎がびくりと身を震わせた。

幽霊にでも出くわしたかのように、ひっと目を剝《む》いて振り返る。慌てて口の端を手の甲で拭《ぬぐ》う。涎《よだれ》を垂らしていたのだ。

目は眠たそうに腫《は》れぼったくなっていて、すっかり青白くなった顔にみるみるうちに赤みが差してくる。

「伝太郎、お前、居眠りをしていたのか！」

又十郎が憤怒《ふんぬ》の形相で駆け寄ると、伝太郎が、慌てて文机の上に広げた紙を隠そうとした。

はっしと摑《つか》んで広げてみると、そこには幼い子供が描くような、顔の大きい丸々した猫の絵が描いてある。猫たちは、独楽《こま》回しやら追いかけっこをして呑気《のんき》に遊んでいる。

「父上、ごめんなさい……」

俯《うつむ》いて下唇を嚙《か》んだ伝太郎を、又十郎は厳しい目で睨《にら》み付けた。猫の絵をびりっと真っ二つに破くと、伝太郎は「ああっ」と悲しげに眉《まゆ》を下げた。

「居眠りに落書き、これでは少しも学問になぞ身が入っちゃいねえ……いやいや、おらぬではないか！」

威厳ある叱責《しっせき》をするつもりが、言い間違いのせいで腰砕けになってしまった。

普段は得意になって使っている武家言葉だったが、こうして気が高ぶることがあると、どうしても生まれ持った百姓の語り口が出てきてしまう。

又十郎は巣鴨《すがも》の地で何代も続く庄屋だった。ひとり息子の伝太郎が十になる頃までは、家庭も円満、仕事も順調、特に大きな騒動もなく平穏な日々を暮らしていた。

だが三年ほど前、人を通じて、喰《く》うに困った貧乏同心の御家人《ごけにん》株を買わないか、という話がきた。

それまで、侍になりたいなんて思ったこともなかった。最初は滅相もないと断った。だがしつこく頼まれるうちに、少しずつ下心が出てきてしまった。

なんだ、武士の身分というのはそんな程度の値で買えてしまうものなのか。そのくらいならば、俺だって払えないことはない。

結局、人助けのようなつもりで、と己にも周りにも言い訳をしながら養子縁組をして御家人株を買い取った。それからは、一転、息子の伝太郎に自分のことを「父上」なんて無理に呼ばせて悦に入る始末だ。

武士としての身分などただの借り物であることは、自身がいちばんよくわかっていた。

だがこうなった以上は、息子の伝太郎には立派に身を立てて欲しいと思った。伝太郎さえものになれば、御家人として立身出世も夢ではない。

幼い頃から仕込んでいたわけではないから、剣術の達人に、というわけにはいかない。昔から伝太郎は身体《からだ》を動かすことは得意だったが、それは、山で遊び回ったり畑仕事を手伝ったりという、百姓の子のものだ。

ならばと又十郎が目を付けたのは、昌平坂《しょうへいざか》学問所で行われる素読吟味《そどくぎんみ》、という学問の試験だった。

儒学の四書五経の暗記を主とした素読吟味で良い成績を修めれば、褒美の品が与えられ、幕府で役職に就いて身を立てることができるという。

「父上、私にはやはり学問は向いていないのではと感じます。学問をしていると、なんだか気が滅入《めい》って悲しい心持ちになります。こんなつまらないことを続けるくらいならば、真夏の暑い日や、冬の凍える朝に畑に出ているほうがずっとましです」

伝太郎が悲痛な声で呟《つぶや》いた。頬《ほお》に着物の皺《しわ》の跡がついて、赤くなっている。

「弱音など聞きたくないぞ！　今日はどこまで進んだ？　覚えたところを諳《そら》んじてみせろ！」

又十郎の言葉に、伝太郎がぐるりと目玉を回して身を縮めた。

「ええっと、それはですね。ええっと、ええっと」

「……まさか、何も覚えていないのか？」

怒りで頭にかっと血が上る。

「今まさに、覚えている途中だよう……でございます。父上、学問というのは空《むな》しいものでございますね。途中まで覚えている、というのと、まったく何も覚えていない、ということの間には、差がほとんどねえ……でございます。ひいっ！」

伝太郎が机から飛び退《の》いて腰を抜かした。

又十郎が今にも殴りかからん勢いで拳《こぶし》を振り上げたからだ。

「伝太郎、貴様のその腑《ふ》抜《ぬ》けた根性、叩《たた》き直してやる！」

伝太郎を追いかけ回しながら、今度の台詞《せりふ》は少々武士らしく決まっただろうか、なんて頭の隅のほうで考える。

伝太郎は腰を抜かしたまま滑るように部屋の隅に逃げると、

「おとっつぁん、もうやめておくれよう！」

と、涙をぽろぽろと零《こぼ》して泣き出した。

我が子の涙に又十郎ははっと我に返って、振り上げた拳を収まり悪く下ろした。

考えてみれば伝太郎はまだ十二の子供だ。

降って湧《わ》いた御家人身分になるまでは、気ままに野山を駆け回って遊んでいた子だ。

泣いて怯《おび》えている伝太郎を見ていると、いったい俺は何をしているんだろうと、力が抜けるような気がしてきた。

だが、もう後戻りはできないのだ。この子には、素読吟味で優秀な成績を残し、誰からも羨《うらや》まれる輝かしい一生を歩ませてやらなくてはいけないのだ。

ふんっと唸《うな》って、乱暴な足取りで部屋を立ち去った。

廊下を早足で進みながら、やはり頭をごちんと叩いてやったほうがよかったのだろうか、なんて苛立《いらだ》ってくる。

これから伝太郎はどうするんだろう。机の前に戻って、心を入れ替えて学びに励んでくれるだろうか。

いや、そんな都合よく行くはずはない。

きっと、煩《うるさ》い〝おとっつぁん〟がいなくなってほっとした、と、その場に横になって朝までぐうぐう眠ってしまうに違いなかった。

「ああ、親の心子知らずだよ。今夜もおとっつぁんは、お前の行く末が心配でろくに眠れなさそうだ」

又十郎は百姓の言葉で天井に向かって呟いて、くたびれたため息をついた。

2

千寿園の空に浮かぶ雲が橙色の紅を差す。もうじき一面の夕焼け空が広がる前触れだ。

この美しい空の様子だと、明日も晴れる。

これまでただただ嬉《うれ》しく思っていたはずの晴れの日が、先行きに不安ばかりの今の藍には、あまり喜べない気がした。

松次郎への差し入れを詰め込んだ大きな籠《かご》を背負って、とぼとぼと進んだ。

「あら、お客さんかしら？」

ぐっすり庵の引き戸を開けると、土間のところに草履が一足、綺麗《きれい》に揃《そろ》えて置いてあった。

ずいぶん小さな草履だ、と思ったところで、

「お藍さん、お邪魔しています！」

と、朗らかな少年の声が響いた。

客間に向かうと、縁側で松次郎が庭に向かって腰掛けていた。その脇には、正座をして半身を乗り出す少年――福郎《ふくろう》の姿があった。

福郎は何やら松次郎に懇願している様子だ。

「あら、福郎くん、久しぶり。大きくなったわね」

福郎は、以前ぐっすり庵にやってきた、眠ることができなかった患者のひとりだった。

生まれつき勉学の才を持った利発な子供で、真面目に人夫仕事に励む父の兵助《へいすけ》とうまく行っていない時期もあった。だが松次郎と藍、そしてねうのおかげで、今では無事に毎晩ぐっすり眠れるようになったはずだった。

「ああ、お藍さん、良いところにいらっしゃいました。どうか、松次郎先生を説得してくださいませ」

再び眠れなくなってしまったのだろうか、と案じたが、どうやら杞憂《きゆう》だったようだ。

福郎は少し見ないうちにぐんと背が伸びて、元から賢そうな目元に大人びた落ち着きが窺《うかが》えた。よく喰《くら》いよく寝て壮健に生きる少年の、生気に満ちた顔だ。

「説得って何のこと？　ええっと、兄さん？」

松次郎は藍に背を向けたまま、意地を張ったように微動だにしない。

着物の脇の下からねうがひょいと顔を覗《のぞ》かせて、松次郎の代わりに「おうっ」と挨拶をした。

「どうか私を弟子にしてくださいとお願いに来たのです。松次郎先生の元で学び、いつの日か松次郎先生のような名医になることが私の夢だと気付いたのです。我が家には私を医学の私塾に通わせるような余裕はありません。ですが、おとっつぁんに相談したところ、それならば松次郎先生に弟子に取っていただけば良い！　ということになりまして……」

「まったく、ずうずうしい親子だな。人の都合も考えず、勝手に話を進めるな。俺は、弟子なんて取らないぞ」

松次郎がぷいと脇を向いて、ねうを懐に抱き直した。「なあ、ねう、お前は俺の味方だよな」なんて耳元で囁《ささや》くが、ねうは揉《も》め事に巻き込まれたくないようで、鼻をぴくぴくさせて知らん顔をしている。

「私はもちろんのこと、おとっつぁんも、松次郎先生を心より信頼しております。それに千住のあたりでは、このぐっすり庵の評判はたいへんなものでございますよ。眠れない者はぐっすり庵に行けば、必ずぐっすり眠れるようにしてもらえる、とね。以前の私のように面倒な患者を除けば、ここを訪れるほとんどの者は、先生にご相談をしたらあっという間に治ってしまうでしょう」

「ちょ、ちょっと待て。評判、だって?」

松次郎がぎょっとしたように振り返った。

「ご安心ください、水茶屋のお久さんは、うまく人を選んで松次郎先生の素性が広まることがないようにしていらっしゃいます。ですが、その秘密に包まれた雰囲気が、また皆の期待を生むのでしょうね……」

福郎が目を輝かせた。

「最近、妙に患者が増えたと思っていたぞ。しかし、どいつもこいつも現れるのは一回こっきりで、二度とここへ戻ってきやしない。お久が、誰かれ構わず手当たり次第に声を掛けるから、毎度のように患者は幻滅して逃げ去ってしまったのかとばかり思っていたが……」

「その逆、でございますよ。皆さん、松次郎先生に言われたことを守ると、ほとんどの場合が、その日のうちに眠れるようになってしまうんです！」

へえ、兄さん、すごいわ。

藍は、松次郎のことを少し見直した気分で、目を丸くした。

「それで、松次郎先生、どうぞ私のことを弟子に……」

「駄目だ、駄目だ。子供は嫌いだ。この家で、夜泣きや寝小便でもされたらたまったもんじゃない」

「私はもう十を過ぎております。夜泣きも寝小便もありません」

福郎がむっとした顔をする。

「十を過ぎても子供は子供だ。さあ、さあ、おとっつぁんには、松次郎先生は、ほんとうは妖怪《ようかい》だったと言え。夜な夜な行燈の油を舐《な》める化け猫の仲間だったのがわかった、とでも伝えて、諦めてもらってくれ」

松次郎に抱き上げられたねうが、「んんー」と身を捩《よ》じって縁側に飛び降りた。

「そ、そんな……」

しょんぼりと肩を落とす福郎が可哀想《かわいそう》で、ちょっと兄さん、と声を掛けようとしたその時、客人の声が聞こえた。

「頼もう！　どなたか御座らぬか？」

低い男の声だ。この堅苦しい言葉遣いはお侍に違いない。

「はいはい、ただいま！」

藍は玄関に向かって大きな声で応じた。

福郎は客人の訪れを知ると、物わかりの良い様子で素早く立ち上がった。

「失礼しました。今日は、お暇《いとま》しますね」

背伸びして藍に耳打ちしようとする福郎の素直さは、なんだか不憫《ふびん》にも思えてくる。

それに、福郎がこのぐっすり庵に弟子入りしてくれるならば、万が一、藍が千寿園から追い出されてしまっても、ひとまずは松次郎の面倒を見てくれる人ができるということだ。

もちろん、そんなことには決してならないように考えなくてはいけないのだけれど。

「福郎くん、少しここで見物していたら？　松次郎先生がどうやって患者さんを治すのか、見てみたいでしょう？」

思わず引き留めた。

「おいっ、お藍！　勝手なことを」

松次郎にぎろりと睨まれたが、気付かないふりをした。

「わあ、いいんですか？　ありがとうございます！　決して治療の邪魔にならないように、隅でおとなしくしております」

福郎は松次郎に文句を言われる前に、と慌てた様子で、部屋の隅にちんまりと座り込んだ。

藍と福郎、二人で目配せをしてこっそり笑う。

現れた客人は、年の頃四十ほどの男だった。厳めしい侍言葉のわりに、帯刀しているわけでもなく身なりは町人と変わらない。最近巷《ちまた》でよく聞く、武士の身分を金で買い取った豪農か裕福な町人に違いない。

男は暗がりに潜んだ福郎に目ざとく気付くと、どうしてこんな子供がここにいるのだ、という不思議そうな顔をした。

「どうぞ、いらっしゃいませ。この子は……」

藍が何と説明しようかと頭を巡らせたところで福郎が、

「私は、福郎と申します！　松次郎先生の弟子です！」

と、高らかに言った。

3

又十郎と名乗った客人は、最初の挨拶こそ堅苦しかったが、よほど追い詰められているのか、次第に言葉がくだけていつの間にか武家言葉は跡形もなく消え失《う》せてしまった。

「それで、ここのところ、私はずっと眠れないんですよ。いくら厳しく言い聞かせても、伝太郎は、親の目を盗んで怠けてばかりです。あれじゃあ、試験に通るはずがねえです。そんなことになったら、大恥です。もう、どうしたらいいやら」

又十郎は額の汗を拭きながら、困り切った様子で首を捻《ひね》る。話の継ぎ目にいかにも忌々《いまいま》しいという様子で、拳で膝《ひざ》をぴしゃりと叩く音が幾度も響く。

元は朴訥《ぼくとつ》で穏やかな顔つきに違いないが、落ち窪《くぼ》んだ目元がぎらついているせいで、どこかひやりとするような刺々《とげとげ》しい雰囲気が漂った。

「私が診るのは、目の前の患者だけだ。遠く離れたところにいる息子のことなぞを相談されても、到底力にはなれないぞ」

松次郎が少々辟易《へきえき》した顔で答えた。

又十郎の話を聞いている途中から、小指で耳の穴をほじり出したりして、明らかに身が入らない様子だ。

「ですが松次郎先生、私は伝太郎が真面目に勉学に打ち込んでくれさえすればそれで良いんです。そうなればきっと、すぐにぐっすり眠ることができます。伝太郎さえ……」

「話によれば、息子はいつだって眠くてたまらないようだな。そちらには、私の出番はなさそうだ」

松次郎は気を取り直そうとするように帳面に目を落とした。

又十郎の訴えを書き記したものだ。

いつまでも眠れない、すぐに目が覚めてしまう、ここでは見慣れたそんな言葉よりも、もっと目立つのは〝伝太郎〟という息子の名だ。

伝太郎の試験が近づいているせいで、伝太郎が怠けているかもしれないと思うと、伝太郎の行く末を思うと、伝太郎がどうしてこんなに学問に没頭できないのかと悩むと――。

又十郎の悩みは、自分でも言っているとおり、すべて〝伝太郎〟の勉学の出来に関わっているようだ。

「又十郎、お前は毎晩眠る前に、わざわざ伝太郎のところへ行っているな。まずはそれを止《や》めるんだ。幼な子でもあるまい。父と年頃の息子が、毎晩必ず、おやすみの挨拶をしなくてはいけないということもないだろう」

松次郎は先ほどよりも少し真面目な顔で言った。

「でも、私が見回らなくちゃ、きっと伝太郎は居眠りをしたり、落書きをしたりして怠けているに違いありません。もしもそのせいで伝太郎が駄目になったら、松次郎先生はどうしてくれるんですかい？」

又十郎が納得いかない顔をした。目が血走って、ぎょっとしてしまうくらいの喧《けん》嘩腰《かごし》だ。

「……眠りが少ないと、人は疑心暗鬼になる。気が焦ってささくれ立つ。先行きが真っ暗闇に見えてくる」

松次郎が再び帳面を眺める。

「毎晩のように父親と怒鳴り合いを繰り返していたら、伝太郎も、学問なぞ大嫌いになってしまうだろう。息子のことは、まずは又十郎が深く眠れるようになってから考えれば良い。そのほうがきっと滑らかに進むはずだ」

「まずは、私が眠れるようになってから、ですか……？」

又十郎は不思議そうな顔をした。

「ええっと、それができないから私は今、悩んじまっているわけで。ああ、なんだか卵が先か鶏が先か、ってそんな面倒くさい話になってきたねえ」

「一度、やってみせようか。私の真似をしてみてくれ」

松次郎が、その場にごろんと横になった。

「ええっ、ここで、ですか？　人前で、そんな格好悪いことできやしませんよ」

又十郎は焦った様子で、藍と福郎を振り返る。

「早くしろ。こっちは大真面目だ」

松次郎に促されて、又十郎は髷《まげ》を気にしながら渋々横になった。

「日中、動いているとき人は、決まって浅い息をしている。それをゆっくりと深いものに変えるんだ。息を大きく吸って、吐いて」

松次郎が口を大きく開けて息を吸い、今度は蛸《たこ》のように窄《すぼ》めて長く息を吐く。

「こ、こうですかい？」

又十郎は必死の様子でそれを真似している。

二人が横になった光景に、ねうが、つまらん、とでもいうように縁側から庭に、ぽてんと飛び降りた。

「息が整ってきたのがわかるか？　己の身体を、敵に追いかけ回されたり、獲物を追いかけたり、といった目の前の危機に熱中しているときとは、まったくの逆の状態にするよう心掛ければ良いんだ」

「へえ、なんだか身体の力が抜けてきた気分です」

又十郎が少し穏やかになった声で応じた。

「よし、次は手足に力を入れる。両手の拳を握り締めて、足の指も丸めて力を入れる。胸の内で五つ数えたら、すっと力を抜く。これを寝る前に横になってから、五回繰り返してみろ。それから横向きに寝て、片方の足で反対側のふくらはぎをゆっくり摩《こす》る。それを繰り返しているうちにきっと眠れるはずだ」

松次郎が大の字になって、握り拳をゆっくり握ったり開いたりする。又十郎もそれに続く。

「ふう、やれやれ。なかなか力が要りましたが、ずいぶん身体が楽になりますね。肩や首や、腹のあたりにまで、余計な力が入っていたことがわかります」

又十郎が少々よろけながら立ち上がった。

これならば、眠れるかもしれないという手ごたえがあるのだろう。半分くらい瞼《まぶた》が落ちた目元を擦って、ほっとしたような笑みを浮かべている。

「家で、早速、試してみますよ。腹が減っては戦ができねえ、ってのと同じで、きちんと眠らなくっちゃ息子を叱《しか》り飛ばすこともできない、ってのはわかります。ここのところ、かっと頭に血が上っちまうことが多かったんですよ。ぐっすり眠れば頭も冷えるんでしょう？　楽しみです」

　呑気なあくびをしながら去っていく又十郎の背に、藍はほっと息をついた。

「良かった。又十郎さんは、きっともうここへいらっしゃることはないわね。兄さんの体操、気持ち良さそうね。私も今夜、寝入りばなに試してみようかしら」

　あの調子ならば、又十郎はきっと今夜からすぐにぐっすり眠れるはずだ。

「おとっつぁんが、あんなに勉学を応援してくれるなんて、羨ましい限りです。もしも私が息子の伝太郎さんだったなら、きっと夜通し学問に励んで、心から又十郎さんを安心させて差し上げたでしょうに。ちなみにうちのおとっつぁんは、今でも『夜にぐっすり眠って、飯をどっさり喰わない奴には、学問なんて決してやらせてやらねえぞ！』なんて、言ってきます。夜遅くまで書物を開いていたりなぞしたら、どれほど叱られることか……」

「兵助の言うことは正しいぞ。どれほど学問ができても、身体を壊してしまえば意味はない――。そ、そうだ！　福郎！　さっきの話は何だ？　勝手に弟子なんて名乗るな！」

「松次郎先生はこれからどんどん忙しくなります。最近では、お藍さんやねうの力を借りることもほとんどなく、たくさんの患者さんを治されているでしょう。そんなとき、ぐっすり庵に私のようなお手伝いがいれば、何かと都合が良いはずです」

福郎が涼しい調子で言うと、松次郎は急にばつが悪そうな顔をした。

「そうね、福郎くんの言うとおりよ。そうしてくれたら助かるわ。私、菜や米やお着替えやら、林の奥のぐっすり庵にまで届けに来るの、ほんとうにたいへんなのよ」

福郎と目配せをしながら藍も加勢する。

ほんとうはもっとずっと切実な理由があるのだが、そんな話をわざわざすることはないだろう。

「……勝手にしろ」

松次郎は仏頂面になった。

「だがな、あの患者はまた戻ってくるぞ。なぜなら俺は、ちっともお前が期待するような名医なんかじゃないからな」

えっ？　と訊き返す間もなく、松次郎はさっさと廊下の奥に消えてしまった。

4

今日の千寿園は騒がしい。

「これでいいのかい?」「いやいや、違うよ。そんなんじゃいけないさ」「えっ、違うんですか?　もうとっくに……」「うわっ!　さすがにそれはいけないね。やり直しだよ」などなど。

茶摘み娘たちが何やら忙《せわ》しなく喋り合いながら、ずいぶんまごついた様子で仕事を進めている。

何かあったのかしら。

茶畑を横目に気にしながら家の庭の草むしりをしていると、畦道を伯父の蔵之助が歩いてくるのが目に入った。

蔵之助がこの家にやってくるのは珍しい。

怪訝《けげん》そうにしている藍を見つけて、蔵之助は気さくな調子で手を振った。

小柄で病弱だった父に比べて、蔵之助はどっしりと大きな身体をしていた。だが改めて見ると、小山のようだった大きな身体は少し萎《しな》びたようにも感じる。どこか父の面影を感じさせる皺の増えた顔には、ここしばらくの苦労の跡が窺《うかが》えた。

「おはようございます。伯父さん、なんだか今日はみんな大騒ぎですね」

「ああ、一心さまの新しいやり方だ。皆が慣れるまではしばらくかかるだろう」

汗かきの蔵之助が、首に掛けた手拭いで首筋にしたたる汗を拭った。

「一心さんの新しいやり方……ですか？」

一心、という言葉にぎくりと胸が強張る。

「ああそうさ、最初に聞いたときは驚いたけれどな。ここは一心さまの言うとおりにしてみようと、腹を決めたさ。あの方が借金の立替え先を見つけてくださらなかったら、お藍だって、こんなところで呑気に庭いじりなぞしていられなかったんだからな」

蔵之助は、一心、と名を言うたびに、目を輝かせる。

きっと蔵之助はあの『万屋一心一代記』を読んで、深く感じ入ってしまったに違いなかった。

新しいやり方、ってどんなやり方なんですか？　と訊こうとしたところで、蔵之助が先に口を開いた。

「ところでお藍、お前は、一心さまが書かれた本を読んだそうだね」

その話か、と身構えた。

「え、ええ。ご本人から貸していただいたんです」

一心は、伯父さんに私のことをどう話したんだろう。少々身を強張らせて答えた。

「ずいぶんと生意気な口を利いたようだね。『実のところはどんなお仕事をしている方なんですか？』だって？　それを聞いて、私は肝が冷えたぞ」

言葉に反して、蔵之助の口調は明るい。

「だがな、そのおかげで、どうやら一心さまはお前を気に入ったようだ。お藍のことを、根掘り葉掘り訊いてくる。その上、お藍へ縁談を持ち込むのを止めてくれと言うのさ。お藍はこの千寿園での生活を気に入っている。どうかそれを邪魔しないでやってくれ、なんて仰《おっしゃ》るんだよ」

蔵之助が内緒話を耳打ちするように言った。

「えっ？　まさか、そんなはずは……」

先日の一心とのやり取りの中で、「気に入られた」なんて思えるところはひとつもない。むしろ、生意気な小娘、と目の敵にされていると聞いたほうが納得できる。

だが確かに、しばらく藍への縁談を止めるよう、伯父夫婦に掛け合ってくれるとは話していた。そこのところはほんとうに約束を守ってくれたのか、と不思議な気持ちだ。

しかしながらそのことを、伯父に「一心が藍を気に入っている」なんて受け取られ方をするとは夢にも思わなかったが。

「伯父さん、違うんです。それは……」

「どうだ、お藍？　私は、一心さまにお藍を貰っていただいてはどうかと考えたんだ」

ひっと思わず声が出た。

「ちょ、ちょっと伯父さん！　そんなの困ります！　相手にもご迷惑ですよ！」

一心に嫁ぐなんて冗談じゃない。

慌てて大きく首を横に振った。

「一心さまには、それとなくお伺いをしてみたんだ。すると、一心さまはこう仰ったんだ。『この千寿園の商売は、私の力で必ず立ち直ります。千寿園がお江戸でいちばんの茶問屋の大店となった暁には、そのお話をまた改めて』とな。何とも嬉しいことを仰るじゃないか」

「一心さんが、お婿《むこ》さんになるですって？　そんな、まさか！」

千寿園は大店とはいえ、西ヶ原の山肌にある一介の茶問屋に過ぎない。

お江戸の真ん中で時流に乗って、飛ぶ鳥落とす勢いで金を稼いでいるはずの一心が、どうしてこんな田舎の茶問屋に婿入りすることがあろうか。

「あの方は、ちょうど私と同じように、一緒に田舎から出てきた身体の弱い弟がいたのさ。両親を早くに亡くして、兄弟で手を取り合って、お江戸で一所懸命に働いたところも一緒だ。悲しいことに弟を亡くしてからは天涯孤独の身の上。おそらく西ヶ原のような風光明媚《めいび》な場所に、安らぎを感じていただけたのだろう」

蔵之助は呑気に飛鳥山《あすかやま》の方角を見上げて、目にうっすら涙を浮かべている。

「ねえ、伯父さん、私、一心さんと所帯を持つつもりはないです」

胸の中に靄が広がる。必死で幾度も首を振った。

「どこかへ嫁入りするのも嫌だ。ここに留《とど》まって婿取りも嫌だ。嫌だ、嫌だ、と我《わが》儘《まま》ばかり言ってはいけないぞ。いい加減、腹を括《くく》れ。これは、お前の大事な千寿園のためだ」

蔵之助が子供相手にするように、わざと怖い顔をしてみせた。

「お忙しい一心さまから、お藍宛《あ》てに手紙を預かっている。それと、この本を読んでおくようにと」

「本ですか？」

藍の脳裏に、『万屋一心一代記』の見開きが目に浮かんだ。あれの続巻だろうか。げんなりした心持ちになったところで、蔵之助が差し出した本の題に、あれっと思う。

「『春秋』ですか？　どこかで聞いたような……」

つい先日、ぐっすり庵で、又十郎が話していた本だ。又十郎の息子の伝太郎が、日々机に齧《かじ》りついて暗記しているという、ありがたい儒教の経典だ。

「そうだ。一心さまはお藍に、この本を読んで、心の深い女になるように望んでいらっしゃるに違いないぞ」

蔵之助は藍に手紙と本をぐいっと押し付けると、上機嫌で去って行った。

5

「ええっ！　無理に決まっているわ！」

いきなり文なんて書いてきて、まさか恋文でもないだろう。だが万が一にも……。

家に戻って一心からの文を恐々と開いた藍は、思わず声を上げた。

「お藍、お前の悩みが深いのは、暇が過ぎるからだ。暇が過ぎると金が通り過ぎていく――。暇潰しに大事な仕事を与えよう。この本は四書五経と呼ばれるありがたい本の、ちょうど九番目にあたる本だ。これを読んで、私が商売に使えそうな、人の心を奮い立たせる良い言葉を、いくつか見繕ってくれ」

一心からの文は、いかにも得意げな顔が浮かぶような偉そうなものだった。

まず最初に、「暇が過ぎる」なんて言い分にはとても腹が立つ。

いったいあなたが私の何を知っているのよ、なんて思いながら。だが続いた「大事な仕事を与えよう」という言葉に、ほんの少しだけ心が動いてしまう自分がいた。

「結局、一心さんっていうのは、古今東西の有名な言葉の切り貼りだけをして、あたかも己が言った名言、のような顔をしているってことね。私はそんないんちきに力を貸すことなんて、決してしないんだから。ほんとうに、空っぽの人」

渡された『春秋』という本は、一心の書いた本ののんびりした雰囲気とはまるで違う。細かい漢字がぎっしりと書きこまれて、見るからに難しそうだ。

ぱらぱらと本を捲《めく》ってみただけで、頭が痛くなりそうになった。

ふと又十郎と伝太郎の親子の姿が頭を過《よぎ》る。

伝太郎という子は、まだ十二歳だというのに、毎日こんな本を開いて夜遅くまで勉強しているのだ。

どれほどの苦労をしているのか、と気になって、試しにいくつかの文字を拾ってみる。

あっという間に身体がそわそわしてきて、周囲のあちらこちらが気になってくる。

それでも読み続けようとすると、目がしょぼしょぼしてきて瞼が重くなってしまった。

「ああ、もう駄目。すごく良い眠り薬だわ」

大きなあくびをひとつした。

明日にでも、どうして私がこんなことをしなくちゃいけないんですか、と、一心に文句を言いに行かなくては。

伯父の言っていた婿入りの話というのは気にかかるが、この文の調子からすれば、一心がほんとうに藍を気に入っているとは到底思えない。

一心は、千寿園がお江戸一の大店になった暁にはまた改めてその話を、なんて調子の良いことを言って、蔵之助を喜ばせたと聞いた。

だが考えてみれば、藁《わら》にも縋《すが》る心持ちで一心を迎え入れた今の千寿園の状態を考えれば、千寿園がお江戸一の大店になるなんて、まったくの夢物語だ。

つまり一心のほうから体よく断られたといえるだろう。

すっかり一心に心酔している人の好い伯父さんは、それに気付かないのだ。

眠い目を擦りながら本をぱたんと閉じて、大きなため息をつく。

頭の中がごちゃごちゃして、今からいったい何をしたらいいのかよくわからない。

一心の言うとおり、私は暇が過ぎるのかもしれない、なんて思ったら、急にとても心細くなった。

喉がからからなのに気付いて、台所に向かう。

水瓶から汲んだぬるい水を飲みながら、ふいに、美味《おい》しいお茶が飲みたいな、と思った。

美味しいお茶を飲みながら、おっかさんとお喋《しゃべ》りできたらいいのに。

ずっと昔に、久がまだこの家にいた頃、少し一休みのときには必ず出てきたお茶だ。

生まれたばかりの新芽を朝陽《あさひ》に透かしたような、透き通った緑色。川の清水のように儚《はかな》くきらきら光っているのに、口に含むとどっしりと重くて、身体中にお茶の匂いが染みわたるような、うんと濃いお茶。

母と二人、千寿園の外仕事を手伝ってくたくたに疲れ切っていても、あのお茶を飲むと不思議と疲れが解《ほぐ》れていく気がした。

最初は、「ああ疲れた」「疲れたねえ」なんて言い合っていただけなのが、いつの間にか楽しいお喋りに変わっていく。

煎餅《せんべい》を片手に湯呑《ゆの》みが空になる頃には、不思議と身体も心も軽くなっていた。

「おっかさん……」

藍は庭の向こうに広がる茶畑に目を遣《や》った。

もうすぐ日が暮れるというのに、茶畑は相変わらず何やら騒がしく、茶摘み娘たちの呼び合う声が響きわたっていた。

6

梅雨の始まりを思わせる、空が厚い雲に覆われた土砂降りの大雨だ。

まだやっと昼を過ぎたばかりだというのに、外は夕焼けが落ちた後のように暗くて、すごく遠くでねうが喉を鳴らす音のような雷がごろごろと鳴っている。

「お藍さん、お茶をお持ちしました」

福郎が、湯呑みいっぱいに入ったお茶を手に、おっかなびっくりの忍び足で運んでくる。

「おうっと！」

びしゃっと畳に零れたお茶から、白い湯気が立ち上る。

「きゃっ、福郎くん、やけどはない？」

慌てて飛び上がると、福郎は「ええっと、幸い、私の手は無事でした」と、決まり悪そうな顔で頭を掻《か》いた。福郎の着物の正面には、大きなお茶の染みが広がっている。

「ああ、よかった。驚いた。これじゃあ、お茶が多過ぎよ。今度からは湯呑みの縁から指で二本、いいえ、三本くらいは余裕を持たせなくちゃいけないわ。大やけどをしなくて、ほんとうによかったわ」

ほっと胸を撫《な》で下ろした藍は、湯呑みの周りに零れたお茶を手拭いで拭ってから、一口飲む。

うっと息が詰まるほど濃くて苦い。きっと、茶葉の量を間違えたのだろう。

「役立たずですみません。お茶のお味のほうは、いかがですか？」

福郎は、眉を八の字に下げてすまなそうにこちらを見上げる。

「ええっと、そうねえ。もう少し、茶葉を減らしても良いかもしれないわね」

ここでやる気を挫《くじ》いてはいけないと、こちらのほうがずいぶん気を遣ってしまう。

「学問のほうは、どう？　ここに来るようになって、学びは進んでいる？」

藍に訊かれて、福郎の顔がぱっと華やいだ。

「進んでいますとも！　このぐっすり庵では、朝早くに掃除と家事を終わらせてしまえば、夕暮れまで松次郎先生は起き出していらっしゃいません。これほど静かで落ち着く場所はこの世のどこにもありません」

「松次郎先生は、福郎くんに学問を教えてくれているの？」

「いいえ、ほったらかしでございます」

福郎はあっけらかんと答えた。

「あら、それじゃあ、福郎くんの期待とは違うでしょう？　それで良いの？」

気遣う藍に、福郎は得意げに胸を張った。

「もちろんですとも。この家の本はどれを読んでも構わない、そう言っていただけるだけで、私は天にも昇るような心地です。松次郎先生は、学びとは人から授けられるものではなく、己の心が進む道のことだとわかっていらっしゃるのです」

福郎は目を輝かせる。

「そ、そう。ならば良かったわ」

兄さんのことをこんなに尊敬してくれるのなんて、福郎くんくらいだわ。兄さん、この子の期待を裏切っては駄目よ。

胸の中で呟いていると、廊下からねうを抱いた松次郎がにゅっと顔を覗かせた。

髪は乱れて目は眠たげの、まさに寝起きの姿だ。

「ああ、松次郎先生。今日は少々早いお目覚めですね。おはようございます。今すぐにお茶をお淹《い》れしますね」

福郎はいそいそと立ち上がって台所に駆けて行った。松次郎の腕から飛び降りたねうが、尾をぴんと立てて福郎の後に続く。

「兄さん、おはようございます」

「ああ、おはよう。今日も暗くてじめじめした、うっとりするくらい良い夕刻だな。おっと、なんだ、なんだ、いったいどういう風の吹き回しだ？」

松次郎が、藍の脇に置いた四角い風呂敷包みに目を留めた。

「やはりこれは『春秋』じゃないか。買い求めようとしたら相当、値が張るぞ。お藍が、それほど学びが好きだとはちっとも気付かなかったな。さすがは俺の妹だ」

「兄さん、違うのよ。実は千寿園が、ちょっと面倒なことになっているの」

福郎の淹れてくれたうんと苦いお茶を一口飲んだら、不思議とすべてを打ち明けようという気持ちになった。

藍はこれまでの出来事をかいつまんで説明した。

「伯父さんたちの商売がうまく行っていないことは、とっくの昔に気付いていた。仲の悪い兄弟だったというわけでもないだろうに、父さんと母さんの墓参りの暇もないくらいだからな。真夜中に俺が墓参りに出向いても、いつも墓前にあるのはお藍が手向《たむ》けたちっぽけな野花だけだ」

松次郎が廊下からこちらを覗いているねうに向かって、手招きをした。

「だがその一心という奴《やつ》は、なかなかの喰《く》わせ者だな。頭が悪いくせに頭が回る、つまり近くにいると厄介な奴だ」

松次郎が『春秋』を手に取った。

「お藍、この本を開いてみたんだろう？　どう思った？」

「どうって、難し過ぎてちっともわからなかったわ。こんな難しいものを毎晩読まされている又十郎さんのところの伝太郎くんの苦労がひしひしと伝わってきて、とっても気の毒になったわ」

藍は肩を竦めた。

「一心って奴の手軽な本とは、大違いだろう？」

「そうね、少なくとも一心さんの本は、あっという間に読み終わったわ。とっても薄っぺらい本だったけれど」

「そして、一冊の本をちゃんと読んだという満足を得ることはできた」

松次郎が藍の言葉に続けた。

「それが、一心って男の手なのさ。ほんとうならば幾日もかけて読み解かなくてはいけないような本を、大事なところだけ盗んでわかりやすく簡単にしてしまう。さらには、他人がこれから先、どう生きれば良いかなんてことまで、何の責任もなく力強く示してしまうんだ。一心に心酔していれば、皆、何も考えなくて良い。つまり安心していられるのさ」

安心、と言われて微《かす》かに胸が騒いだ。

一心のことを胡散臭い、妙な男だと思っているのに、その自負の強さ、言葉の強さに不思議と押し切られそうになる。

それはつまり、己が先行きを考えること、あれこれ悩むことを、力いっぱい遮られることによる安心なのかもしれない。

と、台所で「わわっ、おっと、やれやれ、よかったよかった」と福郎の子供らしい声が聞こえた。

藍と松次郎は気を取り直して、顔を見合わせて笑う。

「ここにあいつが来てから、どうも調子が出ない。昼過ぎには目が覚めて、夜明け前には眠くなる」

「それはむしろ、とても身体に良いことよ」

福郎のおかげで、松次郎の昼夜取り違えた生活が直ってくれれば良いのだが。

「家に子供がいるというのは、落ち着かないな。ひっくり返って膝小僧を擦り剝いて泣いていないか、やけどでもしていないか、と、いつもどこかで気になってしまう」

迷惑そうに言いながらも、台所のほうをちらりと見る目は優しい。

「福郎くんは、そんなに小さな子供じゃないわ。兄さんのことを、とても尊敬しているのよ」

「そんなものは当てにならない。子供が、頭ごなしに叱りつけてこない師匠を慕うのは当たり前だ。俺があいつを叱り飛ばさないのは、ただ単に面倒だからだ、というのを見抜いていないとは。小賢《こざか》しそうな顔をして、まだまだあいつも餓鬼《がき》んちょだな」

「もう、兄さんったら。照れ臭いからってそんな言い方しなくたっていいのに」

藍は肩を竦めた。と、台所の奥から、「うわっ、あちちっ！」という声が聞こえた。

今度はなかなか切迫した声だ。

藍が腰を浮かせようとしたそのとき、松次郎が一足先に脱兎《だっと》のごとく駆け出した。

「福郎？　平気か？　何をもたもたしているんだ！　早く水で冷やせ！」

「あ、松次郎先生、平気です。先ほどと同じく、自分の手だけは無事です。お気遣いいただき、嬉しいです」

「うわっ、福郎！　貴様、茶筒の中に湯をぶちまけたな！」

「役立たずで、申し訳……」

「馬鹿野郎！　ああ、もったいない。なんてことをしてくれたんだ！」

大騒ぎの台所から、ねうが煩そうに抜け出してくると、藍の顔を見て「なっ」と鳴いた。

7

いよいよ梅雨が始まり、土砂降りの雨が三日も続いた夕暮れどき。果たして又十郎は、松次郎の予言どおりぐっすり庵に戻ってきた。

前にも増して落ち窪んだ目元にどす黒い顔色。瞼が重いせいか常に目を見開くようにしているせいで、眼光は嫌に鋭い。

「困りましたなあ、ちっとも眠れません」

どうしてくれるんだ、とでも言いたげに両腕を前で組んで、なぜか得意げに胸を張っている。

「松次郎先生は評判の名医と伺っていましたので、きっとうまく行くと期待していたのですがねえ……」

ちくりと嫌味を言う様子も、なかなか堂に入っている。

息子の伝太郎は、この調子で日々ちくちくと追い詰められているのかと思うとずいぶん気の毒になった。

部屋の隅に控えた福郎も、又十郎の刺々しい剣幕にひっそりと身を縮めている。

「そうか、困ったなあ。よし、それじゃあ、この猫を抱いてみるか」

松次郎がちっとも意に介した様子はなく、呑気にねうを差し出す。

ねうが又十郎の顔をしげしげ眺めてから、よろしく、とでも言うように「にっ」と鳴いた。

「猫だって？　松次郎先生、私のことを馬鹿にしてるんですかい？　ああ、やめてくださいよ。着物に毛が付いちまいます」

又十郎が煩そうに押し戻す。着物の裾《すそ》をぱっぱと払う。

ねうは、むっとした顔をして、いったいどうなっているんだ、と、松次郎の顔を見上げた。

「やはり、眠れないのは私自身のことが理由じゃないんです。すべて伝太郎ですよ。伝太郎が学問に没頭して、試験で良い結果を出してくれさえすれば、私は万事すべて安心してぐっすり眠れるんです」

又十郎が生え際を掻き毟《むし》った。

「どうです、先生？　ひとつ、伝太郎のことを診てやってもらえませんか？　学問に熱中させるよう、治療していただけませんかね？」

又十郎は眉を顰《ひそ》めて、今にも泣き出しそうな顔をした。

「馬鹿を言うな。学問ができない、なんてことは病でも何でもないぞ。伝太郎は、よく喰いよく寝てよく遊んでいる。立派なもんだ」

「ですが、私は……」

頭を抱えた又十郎に、藍はなるべく優しく声を掛けた。

「又十郎さん、この眠り猫のねうには意味があるんです。猫の身体は人よりも暖かいんです。まるで赤ちゃんみたいでしょう？　こうやって身体をくっつけていれば、まるで赤ちゃんを抱いているみたいに心が穏やかになって、眠れるようになるはずなんです」

藍は所在なげにうろついていたねうを抱き上げて、膝の上に置いた。

そっと毛並みを撫でる。お腹《なか》のあたりがぽかぽかしてきて、今にも瞼が落ちそうになってくる。

「赤ん坊だって？」

又十郎が怪訝そうな顔をした。

「伝太郎は昔から、手のかからない子でねえ。若い頃の私がぎこちなく寝かしつけをしてやっても、あっという間にぐっすり眠っちまうんだよ。あの頃は可愛《かわい》らしかったねえ」

又十郎の目が、昔を思い出すように遠くを見る。

「こりゃ、出来の良い子に違いないと思っていたんだがね。どうしてああなっちまったんだか……」

眉間《みけん》に皺を寄せたところへ、藍は慌ててねうを差し出した。

「どうぞ、その頃のことを思い出してみてくださいな」

又十郎は、今度は藍に押し切られてしまった様子でねうを抱いた。ねうが、それで良いのだ、という顔で、「うんっ」と得意げに鳴いた。

「ああ、よしよし、いい子だ、いい子だ。ねんねんころりよ、おころりよお、っとな」

又十郎がねうを抱いて子守歌を歌う。頬に笑みが浮かぶ。生まれたばかりの我が子への慈愛に満ちた父親の顔だ。

「なんだか、ちょうど、伝太郎が生まれたときくらいの重さだねえ。それにこんなふうに懐炉《かいろ》でも入れているみたいに、あったかい身体をしていたよ」

又十郎がふわっとあくびをした。

「おや？　なんだこりゃ？」

ねうを片手で抱き直して、後ろに手をつく。

「なんだか、眠くて、眠くて……」

又十郎が空気の抜けた紙風船のようにその場で寝転がると、ねうがその腹の上に座って丸くなった。

8

雨の音がしとしとと響くぐっすり庵に、又十郎の高鼾《たかいびき》が響く。

「又十郎さん、ずいぶんお疲れだったようですね。うちのおとっつぁんも、寝る間もないほど忙しいときは、少しの間を見つけてこんな大鼾をかいています」

福郎が声を潜めた。

「鼾の音が大きいからといって、深く眠れているというわけではないぞ。まあそれは良いとして、福郎、お前は又十郎の子に生まれなくて良かったな」

「ええっ、私の話ですか。いえ、まあ、たしかに、又十郎さんは少々怖そうな方ですが。でも、朝から晩までお金に糸目をつけず、ひたすら学問に打ち込ませてもらえる状況というのは、やはり私にはたまらなく羨ましくもあります。あ、おとっつぁんには内緒ですよ。私は、おとっつぁんのことが大好きですからね」

福郎は慌てて口を押さえた。

松次郎は、「兵助はいい親父《おやじ》だ」と呟いて、ふっと微笑《ほほえ》んだ。

「我が子が己の知らない道を行くことは、親にとって不安でたまらないはずなんだ。それを黙って見守って、こんなよくわからないあばら家に弟子入りまで許す兵助は、よほど人ができているか、大馬鹿者かのどちらかだな」

「兄さん、最後の言葉は余計です！」

松次郎を睨みながら、藍の胸に亡くなったおっかさんの姿が浮かぶ。

お藍、長崎ってのはどんなところだろうねえ。

空を見上げてはしょっちゅうそう口にしたおっかさんは、秀才の息子のことを心から誇らしく思っているようにも見えた。だが、同時に、おっかさんは松次郎が無事で過ごしているか、とてもとても不安だったに違いない。

「お藍、お前は、浅はかな子供の夢を諦めさせる方法を知っているか？」

今度は藍のほうを向く。

「長崎で面白い小咄《こばなし》を聞いたんだ。歌ったり踊ったりの芸事で身を立てたい、戯曲を書きたい、絵を描きたい。そんな浮き草稼業に憧れて、おとっつぁんおっかさんに命じられるつまらない仕事なんて糞喰《くそく》らえだ、なんて言い張る、甘ったれの餓鬼をまっとうな道に戻す方法だ」

「そんなこと、急に言われても……。ええっと、そうねえ。まずは言葉を尽くして言って聞かせて、それでも無理なら、近所の物知りのお年寄りに頼んで、世の中の厳しさを説いてもらうのが良いかしら？」

そんなありがちな答えしか思いつかない。

「駄目だ、駄目だ。そんなのは、いちばんいけない」

思ったとおり松次郎に退けられて、藍は、わかっているわよ、と唇を尖《とが》らせた。

「じゃあ、どうしたらいいの？　教えてちょうだいな」

「ああ、もちろんだ。この方法の効果はてきめんだと聞くぞ。どんな馬鹿息子もすれっからし娘も、一発で倒せる。福郎、お前も、いつかおとっつぁんになるときのために覚えておけよ」

「は、はいっ！　いったいどんな技でしょうか？」

福郎が身を乗り出した。

「子供の血迷った夢を、親が全力で応援するのさ」

藍と福郎はきょとんとして顔を見合わせた。

「そ、そんなことをしたら、子供はどんどん道を外れて好きに生きてしまうわ。親御さんだって不安で不安でたまらないはずよ。反対をせずに受け入れてあげれば、いつかはお互い理解し合える……なんて、子育てってもんは、そんな簡単な話じゃないはずよ」

藍が首を捻ると、松次郎が得意げににやりと笑った。

「お藍は、まだまだ甘いな。俺が言っているのは、心構えの話なんかじゃないさ。朝から晩まで、決して怠けることは許さずに、親がつききりで夢を応援するってことさ。芸事が好きだってんなら朝から晩まで歌わせて踊らせて、尻が痛くなるまで延々と芝居を見せる。物を書くなら、毎日何枚書けたか見せてみろとしつこくせっつく。ぜひともこれを読めと、評判の本を借りてきて堆《うずたか》く机に積み上げてやる。絵が好きならば――」

「うわっ、それはさすがに辛《つら》いですね。そんなに勤勉であることを強いられて、期待をされてしまったら、楽しいことが、少しも楽しくなってしまいそうです」

福郎が顔を顰《しか》めた。

「傍《はた》から見て気楽そうに見える稼業に憧れる子供なんて、ほとんどはそれが心から好きなんじゃなくて、ただ己の道を迷っているだけさ。親から、そちらのほうに寝食忘れて真面目に取り組めなんて押し付けられた日には、あっという間に逃げ出して元の鞘《さや》に収まるって決まりだ。万に一つは、才が伸びることもあるだろう。それならそれで、めでたし、めでたしだ」

「又十郎さんのところに生まれたら、福郎くんは無理強いをされ過ぎて学問の才を失ってしまったかもしれない、ってことね」

「親子の縁ってのは、そうやってうまくできているもんさ。万事うまくはいかなくて、結局のところはそこそこはうまくいくもんだ、ってね」

「じゃあ、又十郎さんと伝太郎くんも、いずれは……」

ふいにねうの耳がぴくりと動いた。

又十郎の鼾の音が乱れて、開いていた口からむにゃむにゃと言葉にならない言葉が漏れる。

「……やなこった」

まるで悪たれ坊主のような、憎たらしい口調だ。

「おらは、やんねえったらやんねえよ。今日は、川に遊びに行くんだい！　虫捕りもしなくちゃなんねえさ！　捕まえられるもんなら、捕まえてみなっ！」

ねうが又十郎の腹の上から、ひょいと飛び降りた。

「学問なんて大嫌いさっ！」

又十郎が、はっと息を呑んで跳ね起きた。

「い、今、私は……」

自分が口にした言葉が、はっきり耳に残っているのだろう。あちらこちらに目を泳がせながら、信じられないという様子で首を横に振る。

「幼い頃に戻っていたようだな。川遊びに虫捕り、楽しそうで何よりだ。それも学問なんて大嫌いときた。子供ってのはそうじゃなくっちゃな」

松次郎がうんうんと頷いた。

「わ、私の父は厳しくて、常日頃から、百姓にも学問が必要だ、というのが口癖でした。幼い頃の私は、それからいつも逃げ回って……」

又十郎がぼんやりと虚空を見る。

「又十郎、お前の悩みを消して、ぐっすり眠れる方法がわかったぞ」

「へえっ、それはいったいどうやって？　ぜひとも聞かせていただきたいです！」

又十郎が寝ぼけ眼を力いっぱい擦《こす》って、真面目な顔をした。

「伝太郎と同じことをするんだ。伝太郎の横に机を並べて、毎晩遅くまで学問に打ち込め」

「学問ですって？　今さら、私には必要ありませんよ」

「そんなことは、百も承知で言っている。学問が必要かどうかなぞ、私の知ったことではない。だがそれがお前が眠れないというのを治す、唯一にして最高の方法だ」

「で、でも、学問なんて……」

「つべこべ言い訳を述べずに、いいからやるんだ」

松次郎が寺子屋のお師匠さんのような厳しい顔をした。

9

夜五つ（午後八時）の鐘が鳴る。表を歩く人の気配もほとんどなくなり、野良猫同士が縄張り争いをする太い鳴き声だけが聞こえる真っ暗闇だ。

又十郎が襖《ふすま》を開けると、伝太郎が背筋をぴんと伸ばして文机に向かっていた。

伝太郎の顔と手元だけが行燈に照らされている。

「夜が更けたな。どうだ？　学問は捗っているか？」

伝太郎が振り返った。いつもとは違う父親の声色に、不思議そうな顔をしている。

又十郎が近づくと、伝太郎の身が僅《わず》かに強張った。横目で目を伏せて、唇を一文字に結ぶ。後ろめたいところのある者に特有の顔つきだ。

又十郎は机の上に目を向けた。

案の定、広げた紙は真っ白のままだ。その上、酷い皺ができている。

伝太郎の顔を見ると、ちょうど同じような皺の跡が頬にくっきりと残っていた。

またお前は、と叱り飛ばしたくなるのをぐっと抑えた。

「どれ、おとっつぁんに見せてみろ」

又十郎はその場に胡坐《あぐら》を搔くと、積み上げられた本のうちの一冊を手に取った。

四書五経と呼ばれる儒学の基本となる書だ。素読吟味に挑むには、これをすべて覚えて、どこからでも諳んじて言えるようにならなくてはいけない。

ぱらぱらと捲って、目を凝らす。

しばらく読み解こうと頭を使ってみるが、可笑《おか》しくなるくらい目が文字の上をするすると滑る。

「今宵は、お前は何をするつもりだ?」

「ええっと、こちらの中庸の書の漢文を覚えなくてはと思っていました……」

「どこから、どこまでだ?」

「えっと、できればすべてを……」

「最初から、最後まで、か?」

伝太郎は気まずそうな顔をして、「そうなればよいかなあと思っておりました」

と頭を搔いた。

「よしきた、おとっつぁんと勝負だ！　この本の最初から最後まで、どちらが先に覚えるかやってみようじゃないか」

「へっ？　最初から、最後まで、ですか？」

伝太郎が素《す》っ頓狂《とんきょう》な声を上げて身を引いた。

「なんだ、先ほどお前が己の口でそう言っただろう。さあさあ、始めるぞ」

又十郎は二人の間に本を広げた。

口の中でぶつぶつ言いながら、難しい漢文を読み始める。

「は、はい」

伝太郎はいったい何が起きているのだろうという顔をしながらも、素直に従った。

しばらく二人で本と睨めっこを続けた。

「おい、伝太郎、もう覚えたか？」

又十郎が鋭い声で訊いた。

隣の伝太郎が飛び上がる。

「い、いえ、まだです。まだまだ、です」

伝太郎が泣き出しそうな声を出した。

伝太郎は肩を竦めて、再び本に向き合った。

またしばらくお互い無言で、同じ見開きに向かい合った。

次第に、尻のあたりがむずむずと疼《うず》く。

本からちらりと目を逸《そ》らすと、行燈の周囲を羽虫が飛んでいる。気になる。

机の端には自分が持ってきた饅頭《まんじゅう》と、冷めかけた茶。なんて美味しそうなんだ。

こっそり横目で窺うと、伝太郎の頬の皺がちょうど猫の髭《ひげ》のように見えた。なんて可愛らしいんだろう。

思わずふっと苦笑を零した。

「……父上？」

伝太郎が恐る恐る、という様子で、又十郎の顔を覗き込んだ。

又十郎はぱたん、と勢いよく本を閉じた。

「何が何やら、ちっともわかりゃしねえな」

「えっ？」

伝太郎が耳を疑うように訊き返した。

「おとっつぁんの頭じゃあ、こんな本、覚えるどころかろくに読むことさえもできやしねえさ」

又十郎は己の眉間を人差し指でとんとんと叩いた。

「おい、伝太郎、眠いか？」

困惑した顔をしていた伝太郎が、慌てた様子でぶるりと身を震わせた。

「ええっと……ちっとも眠くはありません」

「嘘をつけ」

又十郎はにやりと笑った。

「おとっつぁんは、眠くてたまらねえや」

息子に向き合って、視界が霞《かす》んできた目元をごしごしと擦る。

ふわああっ、とわざと大きなあくびをしてみせた。

戸惑った表情を浮かべていた伝太郎が、ふいに、父親の言いたいことを理解した顔をした。悪戯坊主のように歯を見せて、にやっと笑う。

「はいっ！　眠いです！　眠くて眠くてたまらないです」

言ったその言葉が終わらないうちに、伝太郎は父親に負けずとも劣らない大あくびをした。

可愛らしい子だ。

又十郎の脳裏に、ふいに伝太郎が五つか六つの頃の顔が浮かんだ。

この子は昔からよく喰いよく眠り、野山を駆け巡って遊ぶのが好きな子だった。畑仕事が好きで、日に焼けて真っ黒になっても、しもやけで手が赤くなっても、泣き言ひとつ言わずに家族を手伝っていた。

又十郎は開いた本をそっと閉じた。

目の端に映るだけで頭が痛くなりそうな難しい漢字が消えて、ほっと気持ちが楽になる。

父親の俺ができもしなかったことを息子にやらせようだなんて、そんな魂胆は間違っていたのだ。己ができないことだから、ちっとも加減がわからなかった。真夜中まで文机の前に縛り付けておくなんて、無理強いばかりしてしまっていたのだ。

又十郎は伝太郎に優しい目を向けた。

ほんの一呼吸の間、物思いに耽《ふけ》っていた隙《すき》に、伝太郎は机に突っ伏して眠り込んでいた。

息が深い。瞼の上が白い。頬の赤みがすっと引いていく。まるで眠り猫のように、何とも平和な微かな鼾が聞こえる。

「ああ、疲れたな。おとっつぁんも疲れた」

又十郎は伝太郎の背に掻巻を掛けた。

伝太郎の寝顔を眺めながら、同じように机に突っ伏す。

お前は、無理して武士として身を立てようなんて思わなくてよかったんだ。お前にはお前の学びがある。

「……伝太郎、すまなかった」

御家人株なんて身の丈に合わないものを手にしたせいで、おとっつぁんはすっかりおかしくなっちまっていたんだ。

又十郎がゆっくり両目を閉じると、薄れゆく意識の中で伝太郎の呑気な鼾の音が心地よく響いた。

10

それから十日ほど経《た》って、福郎が、千住宿で水茶屋を営む久から文を持たされてやってきた。

「おかげさまで、又十郎はぐっすり眠れるようになりました、ですって。それに伝太郎くんはやっぱり身体を動かすのが好きだから、って、巣鴨でいちばんの老農と呼ばれる方のところへ学びに出ることになったそうよ。あら、兄さん、やったわ！」

藍は文の続きを読みながら、歓声を上げた。

「近々、お礼に上等な新米を米俵一俵届けさせます、とのことです。松次郎坊ちゃん、いくら白米が美味しくてもきちんとお菜を食べ、朝起きて夜眠る暮らしを心掛けなくてはいけませんよ」

藍と福郎は顔を見合わせて、ぷっと噴き出した。

「お久は、いったい俺のことをいくつだと思っているんだ。俺の身体のことは俺がいちばんよくわかっているぞ。放っておいてくれ」

「でも兄さん、お久さんのお言葉、ちゃんと聞かなくちゃいけませんよ。最近少しずつ起きる時間が早くなってきているんだから、あともう少しだけ……」

「うるさい、うるさい。人は何事も、無理強いをされればされるほど、やりたくなくなるって決まりだ。伝太郎を忘れたのか」

　松次郎はひょいと縁側から飛び降りると、庭で蝶《ちょう》を捕まえようとしていたねうを抱き上げた。

　狩りを邪魔されたねうは、「ううー」と不満げな声を上げる。

「ところで、お藍さんがお仕事から戻られましたので、今日は、私はお暇します。家で用がありまして、今日のうちに千住の家にとんぼ返りしなくてはいけません。途中までおとっつぁんが迎えに来てくれているんです」

　福郎がすっと立ち上がった。

「ええ、もちろんよ。後は任せてちょうだい……って、家のことは兄さん、私がいなくても自分でできるわよね？　いつもほんとうにありがとう」

　弟子入りした福郎は、普段はぐっすり庵で寝起きしているが、月に数回は千住の両親の家に戻っている。そのたびに、決まって気力の満ちた艶《つや》やかな顔になって帰ってくるので、きっと家族に、松次郎のところでこんなことを学んだ、と得意になって話して聞かせているに違いない。

　福郎が来るまでこのぐっすり庵は、いかにも男のひとり住まいの〝隠れ家〟らしい、殺風景なところだった。

だが今では、一日の仕事を終えた藍が、用がなくとも帰り道に思わず寄りたくなるような人の温もりに満ちている。

壁に見慣れないへこみがあったり、台所で汁物をひっくり返したであろう取り切れていない汚れがあったり、粗忽《そこつ》な少年らしい失敗の数々も、どこかほのぼのとしている。

この家に福郎がいてくれてほんとうに良かった、と思う。

「じゃあ、兄さん、私もそろそろ帰るわね。あんまり遅くまで起きていたら駄目よ。ねう、おやすみなさい」

福郎が一冊だけ出したままにしていた本を片付けてから、藍は帰路についた。

夕焼け空に黒い木々の影が映える林を抜けて、誰にも見られていないのを確認するために周囲を見回す。

そこから一気に林から駆け出して、大回りして千寿園の家に戻る。

「あら？　福郎くん？」

家の前に、福郎が所在なげな様子でぽつんと佇《たたず》んでいた。

「どうしたの？　そんなところで。もうとっくに帰り道かとばかり……」

「お藍さん、これ、そこの畦道で見つけました。どうしても気になって、お藍さんに知らせなきゃと、戻ってきました」

福郎が、手に握っていたものを差し出した。

「お茶の葉？」

藍は首を傾げた。

ここは茶畑なのだから、いくらでも茶葉が落ちていておかしくない。

「切り口を見てください。何か変ではありませんか？」

怪訝な面持ちでしげしげと眺めて、はっと気付いた。

茶葉の切り口は、刃物ですっぱりと切り落としたようになっている。

「落ちている茶葉は、みんなこんな様子なんです。きっと千寿園では、茶摘みに刃物を使うと決めたに違いありません。こんな太い茎が紛れ込んでしまっているお茶、渋くて渋くて飲めやしないはずです」

福郎は眉間に大きな皺を寄せて、困った顔をした。

その弐

睡眠体操は、ほんとうにある？

松次郎が又十郎にやってみせた、寝る前の睡眠体操。

これは、現代のさまざまな本やテレビ番組で紹介されている「ぐっすり眠れる体操」を参考にしたものです。

日中行動をしているとき、人の身体は常にどこかに力が入って、強張っています。それは交感神経と呼ばれる、積極的な行動を促す自律神経系の働きの作用です。野生の動物を例に出すと、敵に襲われて危険が迫ったときにすぐに回避できるように常に身構えているような状態、といえるでしょう。

ぐっすり眠るために必要なのは、この交感神経の働きを抑えて、ゆっくりリラックスして過ごすための副交感神経の働きを促すことです。

そのためには、意識して全身の力を抜く、ということが大切になります。

まずは、「力を抜く」というのがどういう状態なのかを知るために、わざと身体中にぎりぎりと力を込めてから、それを勢いよく解放します。

何度かそれを繰り返しているうちに、次第に余分な力が抜けて、息がゆっくり整ってくるのがわかるはずです。

〈参考文献〉
『江戸の快眠法』宮下宗三（晶文社）
『スタンフォード式最高の睡眠』西野精治（サンマーク出版）
『熟睡する技術』古賀良彦（メディアファクトリー）
『7分で眠れる超熟睡法』小野垣義男（マキノ出版）

第三章　眠り男の十八番

1

西ヶ原に本格的な梅雨が始まった。

こんな雨の日は誰もが外に出たくないものだが、この時季は茶畑にとって大事な二番茶の摘み取りがある。

いつもならば雨足が弱まるのを見計らって、笠を被《かぶ》って畑に出ているはずの茶摘み娘たちの姿が、なぜか今年は見当たらない。

梅雨が始まるよりも前に、茶の新芽はすべて鎌《かま》で刈り取られてしまったからだ。

藍は先端が無残にぷつりと切り落とされた茶の枝を見つめて、重苦しいため息をついた。

　こんなことがあって良いはずがない。

　茶葉の収穫というのはひとつひとつ丁寧に、柔らかい人の手を使って一芯二葉《いっしんによう》になるように摘み取るものだ。

　胸に不安がどんどん広がっていく心持ちでぐっすり庵に顔を出すと、松次郎と福郎が、何やら真剣な様子で揃って机に向かっていた。

「よしっ！　今回もまたまた、俺の勝ちだっ！」

　松次郎が勢いよく天井に向かって紙を放り投げたその途端、福郎が「いいえっ！　私のほうがほんの刹那《せつな》だけ、早く終わりましたっ！」と飛び上がる。

　何とも明るくて騒々しい。

「二人とも、いったい何をしているの？」

　畳の上に、殴り書きの文字が連なった紙が幾枚も落ちていた。

「にんじん、だいこん、小松菜……？」

　首を傾《かし》げながら、もう一枚の紙を手に取る。

「白猫、黒猫、白黒猫、錆猫《さびねこ》、キジトラ猫……。二人とも、野菜の名前や、猫の毛並みの柄の種類をどれだけたくさん書くことができるかを競っているの？」

そんな馬鹿なことを、真剣にやっている意味がまったくわからない。

傍らでねうが、藍の言葉のひとつひとつに頷《うなず》くように「にっ、にっ」と鳴いた。

「松次郎先生の研究です。どうやら濃く淹《い》れたお茶には、疲れや眠気を取るだけではなくて、物事に集中したり、頭の回りを速くする効能があるようなのです」

福郎は、藍がちょっと気後れしてしまうほど目を爛々《らんらん》と輝かせて言った。

「例えば、こちらが、先ほどお茶を飲む前の、私と松次郎先生が書きつけた、ねうの良いところ、可愛《かわい》らしいところです」

福郎が二枚の紙を示した。

〈毛並みが温かい、鳴き声が可愛らしい、人によく懐いている〉

丁寧な字で書きつけてあるのは、福郎のものだ。

〈丸い〉

ただ一言、汚い字で書き殴ってあるのは松次郎だろう。

「そして、こちらが、うんと濃くてうんと苦いお茶を飲んでからの……」

福郎が示した紙には、〈うぐいすのように声が良い、耳がきくらげのように薄い、鼻先が桃のように桃色、乳母のような気配りができる〉などなど、米粒のような文字でねうを称《たた》える言葉がびっしりと書きつけてある。

「あ、あらそうなのね。でも、効き目が強いみたいだから、あまり身体《からだ》には良くなさそうよ。それに、福郎くんはまだ子供なのだから……」

ちらっと松次郎に目を向けると、何やらぶつぶつ言いながら紙に向かっている。

松次郎の横には、〈鼻が丸い、目が丸い、肉球が丸い、心が丸い〉なんてことを猫の影法師のような形に書きつけた、気味悪い紙が落ちている。

思わずひやっとする。

「はいっ、それでは、福郎くんも、兄さんも、お水をたくさん飲んで、厠《かわや》へ行って、一休みしてくださいな。二人とも、私の言うことをちゃんと聞かなくては駄目よ」

両手をぽん、と打ち鳴らして、床に落ちた紙を手早く片付けた。

お茶にこんな不思議な効き目があったなんて――。

大きな発見には違いない。だが、我を忘れて熱中している二人の姿には、なんだか空恐ろしい気分にもなる。

これからは、兄さんの研究には福郎くんを巻き込まないでちょうだい、と言わなくてはと思いつつ、なおも机に齧《かじ》りつこうとする二人をどうにかこうにか追い立てて厠へ向かわせたところで、庭先に人の気配を感じた。

「たのもーう、たのもーう」

芝居がかった奇妙な挨拶に、ぎょっとして外に飛び出した。

「おうっと、綺麗《きれい》なお嬢さん。ぐっすり庵ってのはこちらだね？」

若い男が、待ち構えていたように藍に駆け寄った。の様子だが、少しも臆《おく》する気配はなく、芝居がかったように堂々としている。

小柄な男だった。だが背筋をしゃんと伸ばして涼しげな細い縞《しま》の単衣《ひとえ》を着流している姿からは、一目で素人らしからぬ粋な雰囲気が漂う。眉《まゆ》が濃くて目力が強い。鍛えた身体をしているわけではないが、動きが素早くいかにも鼻っ柱の強そうな色男だ。

近くに寄ると甘い香の匂《にお》いが漂った。

「ぐっすり庵の患者さん……ですか？」

男の顔をまじまじと眺めた。

鋭い視線に見開いた目は、改めて見るとどこか気がかりな悩み事に追い立てられて焦っているようにも見えた。

だが、その視線にはとにかく力が漲《みなぎ》っている。普段ぐっすり庵に訪れる、眠ることができなくて憔悴《しょうすい》しきっている患者たちとはどこかが違うぞ、と感じた。

「いいや、違うさ。俺の名は乱々亭乱太《らんらんていらんた》。道場破りにやってきたのさ。このぐっすり庵の〝眠り猫〟って奴《やつ》に、勝負を挑みに来たんだ！」

男は得意げに両腕を前で組んだ。

「道場破り、ですって？　うちのねうと、いったい何を闘うっていうんですか？　そして、お名前は、らんらんてい、らんたさん……？」

そんな奇妙な名前、聞いたことがない。

仰天して訊《き》き返した藍に、乱太は「芸名に決まってんだろ」と目配せして笑った。

「俺は噺家《はなしか》さ。とはいっても、元は千住に巣食う、その日暮らしの遊び人よ。高名な師匠の門下に入っているわけでもねえ、いわばもぐりの噺家さ。けどな、この男前のツラと落とし噺の技のおかげで、寄席の女主人が次々と俺に惚《ほ》れ込んでくれた、ってわけよ」

乱太が己の頬《ほお》をぴしゃりと叩《たた》いてみせた。

ずいぶん強い調子で叩いたようで、乱太の顔が歪《ゆが》む。「いててて……」と眉をトげて情けない顔で笑う様子に、藍は思わずくすっと笑った。

やくざな仕事の芸人らしい危なっかしさと、子供のように妙に人懐こいところが相まった男だ。

「ええっと、うちのねうは、生憎《あいにく》、落とし噺の心得なんて何もありませんが……」

「お嬢さん、あんたもなかなか面白いことを言うね。筋がいいよ」

乱太が掌《てのひら》を打ち鳴らして笑った。

「俺のところに弟子入りでもするかい？　あんたみてえな可愛らしいお嬢さんだったら、いつでも大歓迎さ。憂き世を忘れて、俺と一緒に、毎日楽しい落とし噺でも考えながら、面白おかしく暮らさねえかい？」

乱太が藍の顔を覗《のぞ》き込んだその時。

「駄目です、駄目です！　お藍さんに近づいちゃいけません！」

廊下の奥からすっ飛んできた福郎が二人の間に割って入ると、膨れっ面で乱太を睨《にら》み付けた。

2

「なあ、先生、俺のあだ名を聞いてくれよ。〝眠り男の乱太〟さ」

乱太は、松次郎に向かって人懐こい笑みを浮かべた。

「いつでもどこでも、すぐに眠れる才か。羨《うらや》ましいもんだな。だが生憎、うちのねうは、お前のように怪しい男の早寝早起き遊びに付き合っているほど暇ではないぞ。お望みならば、そこにいる坊主を貸してやろう」

松次郎がねうの喉《のど》を撫《な》でると、ねうが「おおおお」と後ろにのけぞって、気持ち良さそうに目を細めた。

「松次郎先生！　どうして私ですか！　私は元はといえば、ぐっすり庵の患者ですよ。〝早寝の道〟に通じた奇人変人と闘って、勝てるはずがありません」

福郎が目をしばしばさせて悲痛な声を上げた。

「違う、違うんだよ。俺がやっているのは見世物なんかじゃねえさ。ちゃんとした落とし噺だよ。こう見えても、芸事だけにゃ真面目《まじめ》に取り組んでいるつもりなんだぜ」

乱太が、失礼な、という顔をして首を横に振る。

「それじゃあ、眠り男、というのは……」

小首を傾げた藍に、乱太は目を見開いて振り返った。

「聞いておくれよ、お嬢さん！　何がどうなってるのか見当もつかねえことなんだけどな。寄席で俺が話し始めると、客がみんな揃いも揃ってぐうすか寝こんじまうのさ！　あれっ？　みんな揃って、その顔は何だい？」

藍と松次郎、福郎はちらりと目配せを交わしてから、慌てて大きく頷いた。

噺家というのは、面白い話で人を笑わせて、その場を沸かせるのが仕事だ。そのはずが、客が揃って眠ってしまうとなれば、きっと乱太の落とし噺がつまらないからに他《ほか》ならない。

「あんたたちが考えていることはわかるぜ。わかっているぜ。そりゃ、俺だって、手前の力の足りなさに落ち込んでいるさ。もっと噺が上手《うま》くなりてえ、って常に考えているさ。どんな工夫をしたらいいのか、どうしたら笑ってもらえるのか、ってそのことについては決して怠けちゃいねえぜ」

乱太が懐から帳面を取り出した。他の噺家の演じたものをそっくりそのまま書き取って、米粒のように小さい字で細かく考察を書き込んである。

「わあ、乱太さんって、案外真面目な方なんですね。あら、いけない」

藍が思わず口にすると、乱太は「そうさ、案外真面目な男だよ」と、拗《す》ねたように口元を尖《とが》らせた。

「けどな、ちょっと話の具合が違うんだよ」

ぎょっとするような刃傷沙汰《にんじょうざた》が起きたり、妙に艶《なま》めいていたり、と、どこか危なっかしい乱太の落とし噺は、他に似た芸風の噺家がいないことが幸いしたのだろう、名人芸と呼ばれるには及ばないとはいえ、人々の間で親しみを持って受け入れられた。

寄席を開く水茶屋や料亭の人々や、常連の客、そして同業の先輩たちに可愛がられた乱太は、こっくりこっくり船を漕《こ》ぐ客席の光景にもめげず、いつか皆をどっと大笑いさせる日を夢見て、日々芸事に打ち込んでいたという。

「それがさ、ある日、ひとりの常連の男が言い出したのさ。『こいつぁ、眠り男だねえ』ってね。『乱太の声は、寝心地が良すぎるのさ。いつでも必ず眠っちまうよ』

だってさ」

そんなことを言われた乱太は、芸事が不味《まず》いと貶《けな》されているとしか思えず、猛烈に苛立《いらだ》った。

だが、「何だと?」なんて顔色を変えようとしたそのときに、周囲の皆がどっと盛り上がってしまったのだ。

「やっぱりあんたもそう思うかい! 乱太には何かがあると思っていたんだよ!」

「俺もそうさ! 前の晩に半日もぐっすり眠ったって、乱太の声を聞いた途端にぐうぐうよ」

「うちの婆《ばあ》さんは、眠りが浅くて困っていたところを、乱太の噺が始まった途端に、そのまま寄席の床で朝までぐっすり寝込んじまったそうだよ」

「この間、乱太の噺を聞いていたら、天井裏の蛇が思わずうとうとしちまって、客の頭の上に落っこちてきたんだよ。けどね、客席はみーんな寝ちまっているもんだから、誰も気付きやしなかったって話さ」

芸人にとって、噺がつまらないと言われるほど辛いことはない。痛む胸を抑えて、やめとくれよ、なんて苦笑いを浮かべているうちに、いつの間にか話は妙な方向へ進んでいった。

「乱太のことを〝眠り男〟なんていって、売り出したらどうだろうね？　どんなお方でも、すぐに眠れます。そんな売り文句で客を集めるのさ。これは当たるぞ」

寄席の楽屋は、お喋《しゃべ》りが大好きでお節介焼きの男たちの集まりだ。

乱太本人そっちのけで勝手に話が盛り上がり、あっという間に話が纏《まと》まった。

「おかげさまで、〝眠り男の乱太〟の噺は、連日大賑《にぎ》わいさ。演じる先での扱いもずいぶん変わったぜ。これまでは俺に、『乱太、暇にしているんなら、店の表の掃き掃除を手伝ってくれよ』なんてこき使っていたくせにさ。今じゃ、俺の専属の小僧がついていて、『師匠、お肩をお揉《も》みしましょうか』なんて言ってくる始末だ」

「ええっと、それは、良かったですね……というお話ではなさそうですね」

藍は恐々《こわごわ》、相槌《あいづち》を打った。乱太の渋い顔からすると、今の状況に満足しているという話ではないのは一目瞭然《いちもくりょうぜん》だ。

「芸人ってのは、いっつも己がどんだけ良く見えるかってことばかりを考えていやがるもんだからな。楽しそうにけらけら笑っているくせして、心根のとこは、湿っぽくて嫉妬《しっと》深い奴らばかりさ」

乱太がいかにも忌々《いまいま》しそうに顔を顰《しか》めた。

「あいつらは、俺の噺を自分よりも早めに入れてくるのさ。『乱太目当ての客にあやからせていただきたいからねえ』なんてお世辞を言っていやがるけどな、本心では、俺に客を目一杯眠らせてもらって、手前の噺のときは寝起きのすっきりした頭で聞いてもらおう、って魂胆よ。ああまったく、なんて悪《あく》どい奴らだ」

乱太は、悔し涙を拭う真似をした。

「自棄《やけ》になって危なっかしく飲み歩いちまったところで、水茶屋の女将《おかみ》に声を掛けられたのさ。『なんだい、乱太、しけた顔だね。ここへ行って眠り猫に会ってごらんよ』ってね」

「お久さんね。きっとぐっすり庵に来たら、乱太さんのお悩みを解決してもらえると思ったのね」

藍が松次郎を見上げると、松次郎は「まったく、お久は、余計なことを……」と、膝《ひざ》の上のねうをそそくさと懐に隠した。

「松次郎先生、頼むよ。俺は〝眠り男〟なんて呼び名はもうまっぴらさ。俺の噺で、きちんと皆に笑ってもらいてえんだ。皆が眠くならねえ方法を、思いつかなきゃいけねえんだ」

乱太は素早く両腕を捲ると、畳に額をごちんと当てて頭を下げた。

3

「お前の話はわかった。だが、道場破りなんて物騒な話は遠慮してもらおうか。とっくの昔に、お前の勝ちだ。いや、負けなのか？　ああ、面倒くさい！　どちらが勝ちでどちらが負けか、頭がこんがらかってきたぞ。なあ、ねう」

松次郎が懐に抱いたねうの頭を撫でる。いつの間にかねうは、口を半開きにしてぐっすり眠り込んでいた。

「なんだ、頼りねえ猫だなあ。人を眠らせる眠り猫、のくせに、最初に寝ちまうってんなら、世話ねえや」

乱太がちぇっと肩を竦めた。

「それじゃあ試しに、みんな、俺の噺を聞いてくれるかい？」

藍と福郎、松次郎は顔を見合わせた。

「え、ええ。ぜひぜひ、うちの先生で試されてくださいな。うちの先生は、落とし噺が大好きなんですよ」

「おいっ、お藍！」

　松次郎が慌てた様子で首を横に振る。

「あら、先生、長崎でいろんな楽しい噺を聞いて、患者さんの心を解《ほぐ》すために取り入れている、なんて仰っていましたよね？」

「へえ、そうかい？　じゃあ、寿限無《じゅげむ》、なんかはもちろん知っているんだろうね？」

「もちろんですとも！　先生は、以前、私が眠れないときに、そのお話をしてくださいました」

「よしきたっ！　それじゃあやってみようかね。あるところに、生まれてくる我が子の名を、誰よりも良いものにしたいと……」

「きゃあ！　先生！」

　福郎が悲鳴を上げた。

　乱太とまっすぐに向き合って座っていた松次郎が、いきなりふらりとよろめいた。

膝の上のねうが、慌てて飛び退《の》く。

「先生、気をしっかりなさってください！」

福郎が飛び上がって、松次郎の背中を支える。

「あ、ああ。福郎、ありがとう」

力ない声で応じる松次郎は、今にも再び瞼《まぶた》が落ちそうだ。

「先生！　先生！」

福郎が松次郎の頬を叩く。その後、ぎゅっとつねる。それでも今にも眠ってしまいそうなので脇をこちょこちょとくすぐったら、「やめろ、やめろ」と、松次郎がぶるりと身を震わせた。

「ああ、酷い目にあったぞ。〝眠り男〟の効能がここまで強いとは思わなかった。こいつは、もしかしたらねうを超えるかもしれないぞ。福郎と取り換えて、ぐっすり庵で働いてもらいたいもんだ」

「先生！　私は、噺家になぞなれませんよ。人前でお喋りして皆に笑われるなんて、身が細る思いがします」

松次郎の軽口を本気にした福郎が、泣き出しそうな顔をした。

「先生、やっぱり眠くなっちまったかい？」

乱太がすまなそうな顔をした。

「ああ、お前が落とし噺を始めたその途端、目の前がぼうっと霞んで、福郎の頭にすいっと気持ち良い虹がかかるような気がした。気付いたら夢の中で蝶を追いかけていた。ねうを撫でると眠くなる患者、というのはこんな感じなのかと、よくよくわかったぞ」

福郎が、慌てて頭を小さな両手でぴたんと押さえた。

「なあ、先生、俺は、どうしたらいいんだろう？」

乱太が真面目な顔でにじり寄った。

松次郎が両腕を前で組んで、うーんと唸《うな》る。

「人が眠くなるときは、息が深くなり、安心して、身体の熱が抜けていく。そっくりそのまま、その逆をするとしたら……」

「息が浅くなるためには、怖い話なんてどうかしら？　胸が強張って、どきどき鳴って、身が縮んで震えがくるような怖い話よ」

「ああ、そりゃ駄目なんだ！　お嬢さん、ごめんよ」

乱太が、額をぴしゃりと叩いた。

「実は、試したことがあるのさ。けどね、怪談ってのは薄暗いところでやらなきゃ感じが出ねえだろう？　寄席の雨戸を閉めておいたら、俺が名乗って挨拶をしているうちに、そっくりみんな、眠っちまったよ」

福郎がはっとした顔をして身を乗り出した。

「ならば、安心できないようにしましょう。ええっと、そうですねえ。上方《かみがた》の落し噺というのは、笛やら太鼓やらで華やかにするものと聞きました。乱太さんも、噺しながら急にぴいっと笛を吹いたり、どんどん太鼓を叩いたりとやってみてはいかがですか？」

「そんなのは、禁じ手だよっ！　俺は噺ひとつで、目を惹《ひ》いて、耳を向けてもらって、笑わせて、楽しんで帰ってもらいたいのよ」

「ああ、そうでしたか……。では、どうしましょうねえ」

福郎は素直にしゅんとする。

「寄席の中をうんと暑くしたらどうだ？　蒸した梅雨空に、火鉢をいくつも持ち込んで客たちを汗だくにしてやれ」

松次郎がどこまで本気だかわからない顔で、ふわっと大あくびをした。

「江戸っ子ってのは、この世でいちばん気が短いんだよ。そんなことをしたら、客なんて、あっという間にみんな帰っちまうよ。一介の芸人が客を減らすような真似をしたら、これから高座に上がるのも危うくなっちまうさ」

松次郎は、「確かに、そりゃそうだなあ」と呑気に答える。

もう、兄さん、もう少しちゃんと考えてあげて頂戴《ちょうだい》な。

藍が松次郎をちらりと睨もうとしたそのとき、福郎が何かが閃《ひらめ》いた様子で顔を上げた。

「先生、お茶ですっ！」

福郎は己の言葉に、そうだ、そうだ、というように幾度も頷《うなず》いた。

「寄席のお客さんにお茶を出すんです。今日、私たちが飲んだようなうんと濃くてうんと渋いお茶です。そうすればきっと、皆は眠くなることなく、熱中して、没頭して、乱太さんの噺を聞いてくれるはずです」

「客に、お茶を出すだって？　そんなに丁寧なおもてなしをする寄席なんて、聞いたことがねえぞ」

乱太が怪訝そうな顔をして首を捻った。

「……そうか、やってみるか」

松次郎と福郎は、顔を見合わせてうんっと頷き合う。二人の目がきらりと光った。

「それでは、私は、乱太さんの付き人として、しばらく様子を観察に参ります！」

「そうか、福郎、頼んだぞ！　お茶の濃さと、客の様子と、眠るまでにどのくらいかかったかを、きっちり帳面に纏めて持ってこい！　ええっと、帳面はどこだったかな？　私のものを持っていけ」

「はいっ！　お任せください！」

乱太は、急にきびきびと動き出した松次郎と福郎に、呆気《あっけ》に取られた顔をした。

4

梅雨空から泥の匂いのする雨が、しとしとと降り注ぐ。

笠を被っても、守られるのは顔のあたりまでだ。着物の色は濡《ぬ》れそぼってすっかり灰色に変わり、濡れ鼠《ねずみ》とはこのことかと言いたくなる有様だ。

たっぷり水を吸った海綿のようになった草履が、歩くたびに、足裏にじゅわじゅわと嫌な感触を伝えてくる。

藍は人気のない茶畑の畦道に、ぼんやり立ち竦んだ。

「私が渡した本は、ちゃんと読んでいるか？」

振り返ると、大きな傘を持った一心が立っていた。

「その顔を見たところだと、成果はなさそうだな。やはりお前には難し過ぎたか」

「ええ、そのとおりです。さすが人の心を動かす一心さん。私の顔を見ただけで、すべてわかってしまうんですね」

藍は唇を尖らせて、ぷいと顔を背けた。

「お前の行方不明の兄は、ずいぶんと賢い男だったと聞くな。生憎、妹は違うらしい」

「どうしてそんな意地悪ばかり言ってくるんですか。ほんとうに失礼な人！」

藍が一心をきっと睨み付けると、一心は「やあ、やっとこちらを向いてくれたな」と、くすっと笑った。

「一心さん、私、あなたに訊かなくてはいけないことがあったんです。この畑、いったいどうしてこんなことになってしまったんですか？」

「こんなこと、とは？」

「茶摘みに刃物を使うなんて。私の両親はどれほど忙しくとも、いつだって手を使ってひとつひとつ心を込めて、新芽を摘み取っていました。もしも両親が生きていたら、決して、こんなことは……」

「両親だったら、両親だったら。己では何もしようとしない、甘ったれお嬢ちゃんのいつもの台詞は、聞き飽きたぞ」

一心が藍の言葉を余裕の顔で払い落とした。

「お藍の両親はもういない。千寿園は変わっていく。今、千寿園を取り仕切っているのはこの私だ。良いも悪いも、私が決める」

きっぱりと言い切られて、藍はうっと唸った。

「でも、これでは千寿園のお茶の味がすっかり変わってしまいます。硬い茎の部分を一緒に刈り取ってしまうなんて。こんなやり方をしたら、出来上がるのは渋くて苦くて誰も喜ばないお茶です。そうなれば、千寿園はおしまいです」

「これまで千寿園の卸す茶は、質のわりに値が高すぎた。少々質を落とし、その分ぐっと安く売れば良い」

一心が通りすがりに茶の葉をむしって、ぽい、と投げた。

「そんな……」

「まずはお江戸の誰もが気軽に手に入るような値で、茶の気分を楽しめるものを作る。そうして千寿園の名を売ることが先だ。『金というのは、軽薄な町娘と同じだ。世に名が知れ渡って評判になれば、その顔を一目見たいと大挙して集まってくる』よし、いいぞ。いいものができた」

一心が己の言葉を帳面に書きつけた。

膨れっ面の藍を見上げて、にやりと笑う。

「お藍、いいか。お前は『春秋』を読みこなすことはできず、私の『万屋一心一代記』はあっという間に読み終えることができた。それは、大事な意味のあることだと気付くべきだ」

「どういうことですか？」

「お前が『春秋』を読むことができなかったのは、なぜだかわかるか？」

「私の学びが足りないからです。松次郎兄さんならば、難なく読み解くことができるのに。あ、えっと、きっと、兄がここにいればできたはずです」

藍はしどろもどろになりながらも、真面目な顔で答えた。

「そうだ。人の関心はさまざまなところに移りゆく。すべてにおいて、ほんものをきちんと知ることができる者なんてどこにもいない。ほんものの深みを知るには、それ以前にたくさんの経験が要るからだ。私の本を喜んで読んだ者たちの中で、『春秋』を読み解ける者はおそらく皆無だろう」

一心が己の頭を指さした。

「茶も本と一緒だ。いくら手間暇かけて作ったものでも、ろくに良い茶も飲んだことがない奴らには、その価値は決して伝わらない。ならばわかりやすく、手っ取り早く、よく似たものを広く与えてやればよい。私の『万屋一心一代記』のようにな」

「市井の人には美味しいお茶の味なんてわからない、って意味ですか?」

「そうだ、これからは百人中百人が気付くような明らかなこと以外、余計なこだわりはすべて捨てるべきだ」

「一心さんの言うことには、一理あるような気もします。たくさんの人がお茶の良さを知ってくれるのは大切なことです。でも、千寿園では……」

「その場から動かない言い訳を作るな。金は、お高くとまった奴が大嫌いだ」

一心が、藍をまっすぐ見つめた。帳面を取り出すかと思ったが、両腕を前で組んで動かない。

「お前は、そんな貧乏人相手の安っぽい仕事は、この千寿園ではなく誰かほかの茶問屋がやるべきだ。そう思っているんだろう？」

「い、いえ。そんなつもりじゃありません」

藍は慌てて首を横に振った。しかし己でも気付いていなかったところを言い当てられたような気がして、ぎくりと胸が冷える。

私は胸のどこかで、千寿園のお茶はほんものの味のわかる豊かな人たちに向けた、上等なものだと思い込もうとしていたのだ。

「そうか。ならばわかってくれるな。今までの古臭いやり方を変えて、この千寿園の名を、もっともっと世に広めるんだ。そうすることが千寿園のため、そして皆の幸せになって、金がどんどん集まってくることになるんだ」

一心は己の言葉に己で大きく頷くと、妙にすっきりした顔で鼠色の空を見上げた。

5

「あら、乱太さん、どうされましたか？」

家に戻ると、玄関口にしゃがみ込んでいた乱太が「おうっ」と決まり悪そうに手を振った。

「ええっと、ちょっとお嬢さんに先に話を聞いてもらいたくてさ」

乱太は藍が笠を外すのを助けながら、「参ったよ」と囁《ささや》いた。

「お客さんにお茶を出すのは、効き目がなかったんですか？」

乱太の顔つきが晴れない。眉を下げて困ったように笑う。

「ああ、そうなんだよ。客は、喜んでくれたには違いねえけどね。いつものとおり、ろくに噺が始まらないうちからみんなぐっすりよ。帳面を持って自信満々で従《つ》いてきたぐっすり庵の坊主が、あんまりしょげ返ってるもんだからね。『きっと俺が安物の茶葉を使ったのが悪いんだ。ひとっ走り千寿園に行って、うんと上等な茶葉を譲ってもらってくるよ』って、饅頭を押し付けて飛び出してきたのさ」

乱太はおどけたように肩を竦めた。

「茶葉なら、いくらでもお渡しできますが……」

つい今しがたまで一心と話していた内容が胸を過《よぎ》った。

「いいや、すまねえな。寄席で淹れた茶は、あんたのところの茶葉だよ。物売りにわざわざ『千寿園産の、いちばん上等なやつをおくれよ』って言って包んでもらったもんさ」

乱太が、「参ったなあ」と再び呟いた。

「そうでしたか。それは残念です」

藍も一緒になってしょんぼり肩を落とした。

何もかもうまく行かないときというのはあるものだ。思わず長いため息が漏れてしまった。

「なあ、お嬢さん、どうやら俺は、悪いところに来ちまったみたいだね」

冗談めかした乱太の言葉に、藍は慌てて作り笑いを浮かべた。

「いいえ、そんなことはありませんよ。これからぐっすり庵に行って、松次郎先生に次の手を考えてもらいましょう。きっと良い考えが見つかるはずです。見つけてもらわなくちゃ困りますからね」

「いや、俺のほうは毎度のことさ。急ぎの話じゃねえから心配しないでおくれよ」

福郎を楽屋に置いて飛んできたというのだから、のんびりした話であるはずがない。

乱太に申し訳ない想いが募る。

二人ともしばらく黙り込んだ。

「……お茶を淹れます。ちょっとお待ちくださいね」

覚えずして、そんな言葉が口をついた。

台所で茶を淹れる。母の喜代が亡くなってから、この家に客を迎え、茶の匂いが漂うのは久しぶりだ。

それまでは女中の久がすべてやってくれていたので、ぎこちない手つきで、見よう見まねで茶葉に湯を注ぎ入れた。

縁側へ湯呑みを運ぶときに、細心の注意を払っているはずなのに、熱い茶がびしゃっ、と零れてしまう。福郎の日々の苦労がよくよくわかった。

「やあ、お嬢さん、ありがとう」

乱太は喉が渇き切っていたかのように大喜びで湯呑みを手に取ると、熱さに顔を顰《しか》めながらずずっと啜《すす》った。

「ああ、さすがの美味《うま》い茶だ。やれやれ、だな」

ふうっと息を吐く乱太の姿を前に、藍も湯呑みに口を付けた。

久が淹れたお茶には及ばない。だが、どこかお天道さまの匂いを思い出すような懐かしい味が鼻を抜ける。

「ほんとうに、やれやれ、ですね」

やれやれ。

胸にじわじわと広がるあたたかいお茶の味に、これほど合う言葉はない。

「おっと、見てご覧よ。茶柱が立っているさ。こりゃ、縁起がいいね」

乱太が湯呑みをこちらに向けた。

茶柱が立つのは縁起が良いんだよ。今日はきっといいことがあるさ。

そんなふうに微笑んだ母の喜代の顔が胸に蘇《よみがえ》る。

「まあ、ほんとうですね。楽しみです」

藍は思わずほっと笑みを浮かべた。

「あのさ、もしかしてお嬢さん、あんたちょいと重なってるんじゃねえかい？」

乱太が人懐こい笑みを浮かべて、噺家らしく節をつけて言った。

「重なっている、ですか？」

「そうさ、何も関係ねえはずのところで心配事がいくつも同じときに起きていることを、俺は〝重なってる〟って呼んでいるんだ。これは厄介だぜ。けどな、憂き世の悩み事なんて、結局これがすべてさ。大晦日《おおみそか》だけ流行《はや》る蕎麦《そば》屋みてえなもんだよ」

乱太がまた、ずずっと美味そうに茶を啜る。

「大晦日のお蕎麦屋さん、ですか？　年越し蕎麦を食べにやってくるお客さんで、大賑わいってことでしょうか？」

「そうさ、悩み事ってのは、大晦日の蕎麦屋みてえに、決まったときにどどっと纏めてやってくるもんなんだよ。蕎麦屋からしたら、年に一度、狭い店に人がうじゃうじゃ溢《あふ》れかえって、こんなに並ぶならやめておこうかね、なんて取り逃がす客まで現れて、疲労困憊《こんぱい》てんてこ舞いさ。この客が少しずつ毎日店に来てくれるなら、どれほど良いだろうって思うだろうね。毎日少しずつの客を大事に相手して、仕事の忙しさもちょうど良い。先の見通しも明るい。けどな、残念ながら、そんなに甘い話はねえのさ」

「悩み事は、ひとつずつゆっくり解決する余裕があるときに順番に訪れる、ってわけじゃないんですね」

「そうさ！　俺の経験からしたら、悩み事ってのは、一つならば、己でも気付かないうちにあっさり解決できているもんさ。二つ揃ってやってきたら、そこからが〝悩み事〟さ。三つになるともういけねえ。頭の中が滅茶苦茶《めちゃくちゃ》さ」

乱太が頭を掻き毟《むし》る真似をしてから、「な？　そうだろ？」と笑った。

「どうだい？　お嬢さんが今抱えてるもんの中でいちばん面倒くさそうなやつを、俺に預けてみねえかい？　俺は噺家だよ。人を笑わせて、憂き世を忘れさせるのが仕事さ。目の前にいる客の悩み事をひったくって持って行っちまうのが、俺の夢なんだ。お嬢さんの悩みで、俺の腕を試させておくれよ」

「私の悩み事を乱太さんに預けるんですか？　ええっと、どうしましょう……」

乱太の明るい語り口に、覚えずして心が解れていく。

「そうさ、いちばん面倒くさそうなのがいいねえ。誰にも打ち明けられねえような、ぎょっとするくらい重苦しいやつを頼むよ」

「そんなの、無理です」

藍は思わずぷっと噴き出した。

「やっと笑ってくれたね。ああ、やっぱり、人が笑ってくれる姿ってのは嬉しいもんだねえ」

乱太が拳をぎゅっと握ってみせた。

「なんだか、あんたが淹れてくれた茶を飲んだら、千住に帰りたくなってきたなあ。お嬢さん、もし良かったら俺と一緒に千住参りに出ないかい？　きっと楽しいぜ」

「そんなことができたら良いですね。でも無理です。お久さんには会いたいけれど。今、私は、気軽に千寿園を留守にするわけにはいかないんです。最近、妙な人が千寿園に現れて……」

「おうっと！　そいつが目下、あんたの悩み事のいちばん面倒くさそうな話、ってことだね？」

「えっ」

ずばりと切り込まれて、藍は思わず息を呑んだ。

「そいつを追い出しちまいたいんだろう？　なら、そいつの周囲を探って、弱味を握ればいいってことよ」

「そんな。追い出すなんて物騒なこと、考えてもいませんよ」

　慌てて両手を前で振る。

「お嬢さん、もっと素直になりなよ。せっかくおとっつぁんとおっかさんの残した茶畑を、急に現れた奴にいいようにいじくり回されて、腹が立ってるんだろう？　ならばそいつを追い出して、本来の跡取りになるはずのお嬢さんが、収まるべきところに収まればいいのさ」

「いえいえ、私には、そんな大それたことはできません」

　藍は大きく首を横に振った。

　だって私なんて、この千寿園で、〝役立たず〟の〝ただ飯喰らい〟ですもの。私には何もできないわ。

　胸に寂しい風が吹き抜ける。「そうだ、そのとおりだ」とでも言うような一心の得意げな顔が胸に浮かんだ。と、そのとき。

　――何よ。

己の心ノ臓がどくんと拍動を刻んだ気がした。

「……わかりました。もしよろしければ、私の悩み事、一つ引き受けていただけますか？」

奥歯をぐっと噛《か》み締めて、乱太に向かい合った。

「よしきた！　がってんだ！　この乱々亭乱太に任せておきな！」

乱太が腕に力こぶを作ってみせて、得意げに胸を張った。

6

藍の話を最後まで聞いた乱太は、「うわあ！　その一心って野郎は最高だな！」と目を輝かせた。

「ああ、面白い。久しぶりに胸が高鳴るねえ。いつの世にも、そんな胡散臭《うさんくさ》い奴ってのは現れるもんさ。皆が思っていてもそれだけは言っちゃいけねえと思っていたようなことを平然と言い放って、皆の心をざわつかせて、それでもってできた人の心の隙間《すきま》にしゅるり、って滑り込む、蛇みたいにいやらしい野郎がねえ」

「乱太さん、もっともっと、言ってくださいな。身体が軽くなる気がします」

藍は肩を竦めて、くすっと笑った。

さすが噺家というだけあって、乱太の毒舌は上手いものだ。

藍の胸に詰まった暗い思いを、あっけらかんとした笑い話に変えてしまうような力がある。

「そうかい？　ならば、もっともっと言ってやるぜ。お嬢さんみてえな別嬪《べっぴん》さんに、無闇矢鱈《むやみやたら》と横柄な態度を取る男ってのはな、決まってあっちのほうが……」

「はいはいっ！　そこまでにいたしましょう！」

藍が慌てて両手をぴしゃりと打ち鳴らすと、乱太が「おうっといけねえ。嫁入り前の娘さんに悪かったね。ちょいと身を入れてやり過ぎたよ」と頭を掻いた。

と、ふいに、戸口の向こうから男の声が響いた。

「お藍、いるのか？」

舞台に立っている役者のような、低く落ち着いた声。

藍と乱太は顔を見合わせた。

「なんだなんだ、ずいぶん気取った喋り方をしていやがる男だな」

「一心さんです。普段はこの家に来ることはないんですが、いったい何の用でしょう」

藍が囁くと、乱太の目がきらりと光った。

「ほう、あっちからおいでなすったか」

乱太を奥の部屋に隠して藍が玄関口へ向かうと、一心が土間のところに立っていた。

「突然、悪いな。少し話があってな」

一心はいつにも増して渋みの増した声でそう言った。

「え、ええっと、どうされましたか？」

藍は、咄嗟《とっさ》に廊下の奥の部屋を振り返った。

顔の半分だけを覗かせてこちらを伺っていた乱太の姿が、素早く引っ込む。

「実は先ほど、蔵之助殿から折り入ってのお話があった。いずれお前を引き受けて欲しいとな。幾度かそれとなく匂わされたことはあったが、毎回うまくかわしていたつもりだったのだが。どうやら蔵之助殿は本気のようだ」

一心が、少々馬鹿にするようにふっと鼻で笑った。

「ああ、そのお話でしたか。でしたら、私には一切のお気遣いは要りません。どうぞどうぞ、ぴしゃりと、きっぱりと、お断りくださいな」

こんな男に「うまくかわしていた」なんて言われると、ほんとうに腹が立つ。もちろんそんな話、こっちからお断りだ。

「私はその話をお受けしようと思っているんだ」

「ええっ!!」

藍は思わず悲鳴を上げた。

「いったい、どうしてですか? 一心さんが得することなんてどこにもないでしょう? 伯父さんに言ったように、いつか千寿園がお江戸一の大店になれば、なんて、そんなはずはありませんし……」

「千寿園は、近いうちに必ず、とんでもなく大きな成功を収める。お江戸一の大店というのは夢ではない」

一心が己の目論見《もくろみ》を否定されて、険しい顔をした。

「一心さんの商売についての考え方は、昼間にお話ししてよくわかりました。でも、そんなにすぐにうまく行くかどうかはわかりませんよ。安い茶葉を売り出すにしても……」

「私の見立ては必ずうまく行くんだ！　お前は黙って眺めていればいい」

一心が苛立ったように遮った。

こんな嫌な言い方をする男と祝言を挙げるなんて。そんなことは万に一つも決してあり得ない。

「安心しろ。すべて俺に任せていれば、向こうから鴨《かも》の親子みたいに金が連なってやってくる」

「鴨の親子ですか。ずいぶん可愛らしい例えですね。一心さんらしくもありません」

藍は硬い声で応じた。

「ああ、そうだな。この言葉は他では使えない。お藍、お前のためだけに考えた言葉だからな」

「へっ？」

一心の声色に妙なものを感じて、藍は慌てて数歩後ろに引いた。

「お藍、お前を見ていると、私は生き別れになった幼い妹を思い出す。千寿園で居場所を失って寂しそうに過ごしているお前に、あの可愛らしい妹の姿が重なって……。あれっ?」

悦に入った様子でひとり喋っていた一心が、ふいに怪訝《けげん》そうな顔をした。

「この草履は、誰のものだ?」

框《かまち》の奥に隠していたはずの乱太の草履が、片方だけ飛び出していた。

藍の心ノ臓がぎくりと震えた。

「男の客人があるのか? そろそろ日が暮れるぞ。いったい誰なんだ? 蔵之助殿はこのことを知っているのか?」

「ちょ、ちょっとお待ちください」

引き留めようとする藍の手を振り払うようにして、一心が框に上がった。

藍が目まぐるしく頭を巡らせながら、どうしよう、どうしよう、と胸で唱えていると、

「お邪魔しているよ。俺はお江戸でいちばんの噺家、乱々亭乱太さ。こちらのお藍さんとは、もしかしたらひょっとすると、行く末を誓い合ったかもしれない仲の色男……」

芝居のようなふざけた調子で飛び出してきた乱太が、ぽかんと口を開けた。

「おいっ、お前、丸助《まるすけ》じゃねえか！」

ほんの一呼吸の静寂。

直後に一心が、ひいっと悲鳴を上げて飛び退いた。

「ら、乱太。どうしてここに！」

一心の指先はぶるぶる震えている。

「丸助、ですって？　いったい誰のことですか？」

何が何やらわからない藍が訊き返すと、乱太が一心の鼻先を指さした。

「こいつ、こいつは、千住の丸助だよ。昔から丸助、って名のとおり丸っこい顔をしていやがってさ。さっきの話の生き別れの幼い妹、ってのは何のことだい？　お前んとこの姉ちゃんが米問屋の若旦那《わかだんな》に見初められて嫁いだ、って出世話を知らねえ奴は、千住でどこにもいねえぞ」

「丸助なんて名は知らないぞ！　人違いだ！」

一心が必死で立て直すように、ぶるりと首を振った。

「なーにが人違いだよ。さっき、俺のことを乱太って呼んだじゃねえか」

「つい今さっき、『お江戸でいちばんの噺家、乱々亭乱太さ』と、そっちが名乗ったからだ！　私はそれを耳にしたままでだ！　ええっと、お藍は、お取込み中のようだね。私は失礼しよう！」

一心は早口で取り繕うと、尻に帆を掛けて逃げ去って行った。

乱太は「こいつは面白いことになってきたね」と呟いて、己の頰をぴしゃりと叩いた。

7

土砂降りの雨に加えて、風も強い日だ。外を歩くにも苦労する。

お気に入りの蛇の目傘の油紙に雨水が染みて、額にうなじに、大粒の雨垂れがぽつぽつと落ちてきた。

「ふうっ、やれやれ、ようやく着いたぞ。お互い海坊主みてえにずぶ濡れになっちまったねえ。お嬢さん、風邪をひかないように気を付けておくれよ。今夜はたくさん喰って、早くに寝るんだぜ」

乱太に連れられてやってきたのは、千住宿でいちばんの評判の水茶屋。つまり、かつて千寿園で女中をしていた久の嫁ぎ先だ。久はこの店で眠ることができない客を見つけては、せっせとぐっすり庵に送り込んでくれている。

雨風の吹き込む日なので、店先の床几《しょうぎ》は片付けられてしまっていた。

だが、入り口には濡れた傘がいくつも置いてある。

旅人の宿場町である千住宿は、こんな空模様の日でもたくさんの人で賑わっているに違いない。

店先に、茶葉を炒《い》る香ばしい匂いが漂っている。香炉のようなもので、お茶の葉を焚《た》きしめているのだろう。

花街《かがい》のように甘ったるいところもなければ、線香のように辛気臭い煙たさもない。茶畑の瑞々《みずみず》しい風に胸が満たされるような香りに、雨垂れに濡れた身体も軽くなるような気がした。

「まあ、お嬢さん！　どうして千住へ？　珍しいこともあるもんですね！」

普段は笑顔もろくに見せず、そうそう心も乱れぬ無愛想な久だが、突然の藍の訪れにさすがに驚いたのだろう。呆気に取られた様子で目を丸くしている。

「あらかじめ言っていただけましたら、存分におもてなしの用意をしましたのに。おや、乱太が一緒というのはどういうわけですか？」

首を傾げながらも、久はてきぱきと団子を皿に山のように盛りつけて、湯気の立ち上る湯呑みと一緒に藍の前に差し出した。

「お久、あんたに勧めてもらった眠り猫との対決は、残念ながら俺の圧勝になっちまったよ。そっちはそっちで、どうにかしなきゃいけねえんだが……。今日は、こちらのお嬢さんがここのところ悩み事が重なっちまってるもんでね。ちょっくら、俺が一緒に解決に来たってわけよ」

「悩み事ですって？　それは大変です。どうぞこの久にお話しくださいな。千寿園を出るときに、お嬢さんのことはこれからもずっと気に掛けておりますよ、とお伝えしましたでしょう。あの言葉に嘘はありません」

久が太い眉を顰めると、藍が臆してしまうくらいずいっと前に進み出た。

大仰なその様子が可笑しくて、藍はほっと笑みを浮かべた。

久が淹れてくれたお茶を一口飲む。

まるでただの白湯《さゆ》のようにするすると身体に染み渡る。

「美味しい」と呟く熱い息に、ほわりと甘い味と、幼い頃に駆け回った原っぱを思わせる香ばしい匂いを感じた。

「茶葉をじっくり蒸らすのがこつですよ。でもそのときに、よく味が出るように、なんて決して急須を揺らしちゃいけません。心を落ち着けて、逸る気持ちを抑えて、じっと手を出さずに茶葉が開くのを待つんです」

これまで乱れていた胸の内が、穏やかに静まるのがわかる。

美味しいお茶を飲んで慣れ親しんだ久と顔を合わせたこと。それだけで、ずいぶん気持ちが楽になった。

「実は、私たち、かつて千住で暮らしたある人のことを探りに来たんです」

ふわんと緩んだ口元を一文字にきりりと結び直した。

「お嬢さん、もったいぶっちゃいけねえぜ。江戸っ子は気が短いんだよ。そこから先は任せておくれ。お久、お前は十二まで千住にいたんだったな。それなら丸助って奴を覚えているか？　米問屋の門屋《かどや》の女将に収まった、あのお留《とめ》の弟だよ。ああ、こりゃ美味い団子だねえ。お久の団子は絶品だ」

「丸助。覚えています。十五でお江戸に奉公に行ったきり便りがないと、お留さんも心配なさっていました」

乱太がひょいひょいと団子を口に放り込む姿に、久はむっとした顔で皿を藍のほうへ動かした。

「その丸助がな、一心、って坊さんみてえな名を名乗って、胡散臭い商売をしていやがるのさ」

「一心……。どこかで聞いた名ですね」

久が素早く立ち上がって奥に消えると、藍には見覚えのある一冊の本を携えて戻ってきた。表紙に『万屋一心一代記』と書いてある。

「水茶屋に話題の読み物を置いておけば、お客がそれを目当てに通うのではと考えました。貸本屋に本の選定を任せましたが、これがお客さんにいちばん人気のある本です。この挿絵の色男が、万屋一心、その人だとばかり思っていましたが」

久がぱらぱらと本を捲ると、一心作の金に関する名言の横に、端正な顔立ちの男がずいぶん物憂げにあれこれ悩んだり、逆に輝くばかりの前向きな顔をしていたり、という、騒々しい挿絵が現れた。

「誰だってそう思うさ。丸助は、それを狙っていやがるんだよ。あいつが、あんな小賢《こざか》しいことができる奴だったなんてちっとも気付かなかったぞ。俺が知っているのは、姉ちゃんそっくりの狸《たぬき》みたいな丸顔をして、妙にひねくれた鼻たれ坊主さ。ああ、でも、言われてみりゃ、あいつは……」

「私の弟がどうしたって？」

ふいに聞こえた声に振り返ると、少し離れた席から、小山のように大きな身体をした女が近づいてきた。

背は傍らの乱太よりも頭一つ分大きい。太いたくましい腕をして、筋の漲る鍛え上げた身体。日に焼けた丸い顔には、どこか一心の面影があった。

「門屋の女将の留と申します。先ほど話に出てきた、丸助の姉でございます。おうっ、乱太、久しぶりだな！」

留は、藍に丁寧に挨拶をしたと同時に、乱太に野太い声を掛けた。

大きな米俵を扱う米問屋の若旦那に見初められただけあって、とんでもない女丈夫だ。

門屋の若旦那とはずいぶん女を見る目がある。跡継ぎ息子から、この人を嫁に迎えたい、と言われた両親は、これで米問屋の商売は安泰だと大喜びしたに違いない。

「お、おいっ、お留が店にいたのかよ！　教えてくれたっていいだろう？」

乱太がまずい、という顔で久に文句を言った。

久は素知らぬ顔だ。

「どんなに馬鹿な弟でも、馬鹿に馬鹿と言われるのだけは、腹が立つもんだね。それに私のことを狸面だって？　後でちょっくら二人で話そうか？」

お留の低い声に、乱太が震え上がった。

「お嬢さん、丸助の行方がわかってほっとしましたよ。あの子は昔から甘え心の抜けない子でしてねえ。名を変えて怪しい商売を始めていると知って、肝が冷えましたよ。あの子に商売なんて無理に決まっています。揉め事を起こす前に、文を送って千住へ呼び戻しましょう」

お留は藍に向き合うと、握り拳を作って頼もしく言い切った。

「ちょ、ちょっと待ってください。別に一心さんは、悪いことをしているわけではないんです。これまでの千寿園のやり方とはまったく違うことをしようとしてはいますが、それも商売を立て直すためのことで……」

急に臆する気持ちになって、必死で言い繕った。

藍の胸に、先がぷつりと切り取られてしまった千寿園のお茶の木が浮かぶ。

この恐ろしい姉の手で一心が千住に戻ってしまったら、千寿園はあんな宙ぶらりんな姿のまま取り残されてしまうのだ。

借金を立て替えてもらった越中富山の大店だって、口を利いた一心が手を引くとなれば、あの話はなかったことにしてくれと言ってきてもおかしくはない。

一心を追い出そう、という乱太の言葉に引っ張られるようにして千住宿まで出てきたはずなのに。

「お嬢さん、手加減してやることはねえよ。あんた、あいつから、お涙頂戴の幼い妹の話、なんてもんを聞かされていたじゃねえか。あいつは悪い奴さ。千住に送り返して、姉ちゃんに根性を叩き直してもらわなきゃいけねえよ」

乱太が素早く口を挟んだ。

「妹？　そんなものいやしませんよ」

留が怪訝そうな顔をした。

「丸助は、九人兄弟の末っ子ですよ。この千住で十五まで暮らして、それから先は伊勢商人の木綿問屋に奉公に入ったんです。それが、とんでもなく厳しい店で一年持たずに逃げ出したところまでは、私たちも知っていましたが」

「それじゃあ、お寺で育てられていたというのは……」

「奉公先を逃げ出した後にどうしていたかは知りませんがね。十六を過ぎて、今さら育てられるも何もないでしょう。そんな話は嘘っぱちです」

「早くに亡くなった弟さんがいるという話も……」

蔵之助の涙ぐんだ顔を思い出す。

「ですからあの子は末っ子ですよ」

留がきょとんとした様子で首を傾げてから、はっと気付いたような顔をした。

「嫌だねえ。あの子いったい何を企《たくら》んでいるんだろう」

留は額をぴしゃりと叩いてから、「乱太、にたにた嬉しそうな顔をしているんじゃないよっ！」と野太い声を上げた。

8

雨の夕暮れどきは、いつのまにか辺りが暗くなる。

橙色の夕焼け空を見ることができないのは少々寂しいが、その分夜が長くて、松次郎が治療や研究に励むには好都合のはずだ。

「兄さん、はい、お土産のお団子よ」

藍が団子の紙包みを渡すと、松次郎が怪訝そうな顔で包み紙に書いてある文字に目を凝らした。

「松次郎ぼっちゃんの分、って、何だこりゃ？　お久の字じゃないか」

「お久さんですって？　お藍さん、千住に行かれたんですね？　なんだ、そうでしたら、ついでにおとっつぁんのところにも寄っていただければ、家族揃って大歓迎させていただきましたのに！」

福郎が駆け出してくる。

「まあ、ありがとう。またの機会に、ぜひお邪魔するわね。はい、福郎くんの分もあるわよ」

藍は松次郎のものより一回り小さい紙包みを渡した。

「福郎の分、ですって！　わあ、各々《おのおの》、自分だけの分がこうして包んであるなんて、なんだか不思議なお土産ですねえ」

福郎が団子の包みを、まるで人形でも抱くように小脇に抱えた。

「お久ってのは、意地の悪い女だよ。俺に持たせる団子はもうねえってさ。あの水茶屋の団子の熱心なご贔屓《ひいき》さんに向かって、あんな態度はねえさ」

藍の背後から、ぐすりと泣き真似をした乱太が現れた。

「あっ、乱太さん。このたびは……」

福郎が途端に決まりの悪い顔をした。

「先生、この間お話ししたとおりです。寄席のお客さんには、お茶の効き目がなかったんです。皆さんお茶を飲んで少ししたら、すぐに、うとうとと眠り始めてしまいました」

福郎は松次郎に耳打ちすると、すまなそうに頭を下げた。

松次郎はうむっと頷く。

「乱太、話は福郎から通じているぞ。ここでもう一度、お前の噺を披露してくれないか？　幸いなことに、お久の美味い団子もあることだ。茶を片手に、寄席の光景を再現してみよう」

「すぐに、お茶をお淹れします！　寄席のお客さんに配ったのとちょうど同じように淹れますので、少々お待ちくださいっ！」

福郎が廊下に駆け出す。と、「あっ」という声がして、がたんとつんのめる音。

「ねう、ごめんよ。そんなところにいるとは思わなかったよ」

「おーう」

気を付けろ、というように、低い声でねうが鳴いた。

「ええっと、今度はどんな噺がいいかね？　有名なやつがいいかい？　それとも……」

「あらかじめ知っている噺は、危ないな。きっと私はこの間のように、あっという間に眠りの世界へ落っこちてしまうに違いないぞ」

松次郎が早くも大あくびをして、傍らに控えたねうの頭に人差し指でつむじを描いた。

「古典じゃねえ、ってことだね」

乱太が、口元をへの字に曲げて、むむっと唸った。天井に目を巡らせてしばらく考えてから、ふいに顔つきがぱっと華やぐ。

「そうかい、そうかい。それじゃあ、千住生まれの丸太助《まるたのすけ》って野郎の小咄《こばなし》でも聞いてもらおうじゃねえか」

乱太は藍に向かって、片目を瞑《つぶ》ってみせた。

千住の丸太助。

乱太は丸助、つまり一心の話をしようとしているのだとすぐにわかった。

「はいはーい、お待たせいたしました。お茶をお持ちいたしましたよ。千住の丸太助ですって？　どこかで聞いたことのある名前ですが……」

福郎が、「はて？」と言いながら、慎重な手つきで皆に湯呑みを配る。

「さあて、皆さま、お手元にお配りいたしましたお茶を、ずずっとお飲みくださいな。さあ、さあ、もうあと一口。はいはい、よろしゅうございます。しめしめ。なんてね。いえいえ、毒なぞ少しも、少しも、ほんのちょびっとたりとも入っておりませんのでどうぞご心配なく、楽になさってくださいませ。相変わらずの馬鹿馬鹿しい小咄で、皆さまのご機嫌を伺わせていただきますが……」

乱太の顔つきが変わった。声色もまるで琴の音色のように心地良く耳に流れ、普段の語り口とはまったくの別物だ。

「千住宿に、丸太助という男がおりましてね。そいつは喰うにも困る、貧しい九人兄弟の末っ子坊主。貧乏のせいで、ずいぶん苦しく悲しい思いもいたしました。兄弟のいちばん上にはしっかり者で頼もしく、その上とんでもなく恐ろしい女丈夫の姉がいて、千住の不良どもを仕切っておりましてね。丸太助ってのは、その姉ちゃんの威を借りて小狡《こずる》く立ち回る、まあよくあるところの小生意気な餓鬼でございました」

十六でお江戸小伝馬町《こでんまちょう》の木綿問屋に奉公に入った丸太助は、昼夜問わずこき使われる過酷な仕事にすぐに音を上げて、奉公先を逃げ出した。

千住に舞い戻れば、恐ろしい姉にどれほど叱られるかわからない。

お前の甘ったれた根性を叩き直してやる、と、もっと仕事がきついと評判の店に売り飛ばされてもおかしくない。あの姉ならやりかねない。

丸太助は千住に戻ることは早々に諦めて、お江戸でどうにかしてひとり身を立てていこうと考えた。

つまりが、お江戸に腐るほど転がっている〝根無し草〟の一員として生きる道を選んだ、というわけだ。

「小さい頃から味噌《みそ》っかす、それに加えて仕事も失い、破れかぶれ、泣きっ面に蜂《はち》の丸太助でございます。ですが、丸太助にはひとつだけ、生まれ持った素晴らしい才があったのです。それは、その声です」

丸太助の声は不思議だった。

ぼけっとして適当に喋っていれば、その顔つきによく合った男の声でしかない。だが、丸太助がひとたび身を正して相手に向き合い、ゆっくり噛んで含めるように話し始めると、狐《きつね》でも憑《つ》いたように声色が変わる。

丸太助は何の努力もしなくとも、まるで役者のように低く落ち着いて、いかにも品の良さと賢さが滲み出すような声を発することができた。

「そんなある日、丸太助は、己の身の丈に合った小汚い居酒屋で、ひとりしみじみと安酒を嗜《たしな》んでいました。酔っ払った頭で、お運びをしていたひとりの女に酒を奢《おご》り、己と同じくらい貧乏くさい身の上話を聞かされております。丸太助の奢りなので、女の盃はあっという間に次々と空になっていきます。するとそのうち、女がこう言ったんです。『お兄さん、あんた、ずいぶん品のある顔立ちをしているね。もしかして、さる大名さまの落とし胤《だね》、なんてことはないかい？』」

乱太が女の仕草で濁声《だみごえ》を出した。

「お聞きのとおり、酒場の女のお世辞以外の何物でもございません。ですがこれまで褒められたこともろくになく、〝品のある〟なんてものとは一切無縁だった可哀想な丸太助には、女の言葉はよほど耳の毒だったのでしょう。『どうしてわかった?』丸太助は出来心で、そう答えてしまったのでございます」

女は、最初は冗談だと思って、がははと笑って聞き流した。

だが丸太助は、己の嘘に魅入られたように後に引けなくなっていた。

女の顔つきが、気楽な酔っ払い同士のお喋りから、少々面倒くさそうに、そしてついには「もしや」と期待と驚きの混じったものに変わった。

丸太助はその姿を目にしたとき、身体中から力がむくむくと漲るのを感じた。

なんだ、人ってのはこんなにつまんねえもんだったんだな。

「丸太助は気付いたんです。身の上なんてもんは、手前で好きなように書き換えちまえばいいんだ、とね。ええ、確かに、そりゃそうですよ。お上《かみ》が保証して、この人はこれこれこういう人です、なんて誰でも見ることができる字引があるわけじゃありませんからね。ひとたびお江戸に出てきて名を変えちまえば、ほとんどの者が、誰が誰だかなんて本人が言うことを信じるしかありません。お江戸ってのは、まったく怖いもんですねえ」

それからの丸太助は、人が変わったように前向きになった。

酒場で金の匂いのする者を見つけると、決まって相手の境遇に合わせて、自慢の美声を使って巧妙にお涙頂戴の身の上話をでっちあげて取り入った。

次第に丸太助の周囲には、妙に口が上手くて、そしてどこか辻褄《つじつま》の合わない話をする怪しい者ばかりが集うようになった。

胡散臭い者が揃うと、話は結局、金に行きつく。

どうにかして浴びるような金を手に入れる方法はないか、仲間とそんな話ばかりをしているうちに、丸太助は良いことを思いついた。

「誰もが持っている、欲、ってもんを相手に商売をするんです。つまり、楽して金が欲しい人に、楽して金を得る方法を教えてやる、って体裁ならば、こっちがいちばん楽して金が稼げるのでは、と気付いたわけですね。ああややこしい」

その目論見どおり、丸太助の金儲け指南の本は大きく当たった。

今ではろくに働いたこともないのに、「よろずや」と称して、いっぱしの商売人気取りだ。

「ですがね、この世には、そんなうまい話はありませんよ。嘘つきが得をして、正直者が損をするなんてことは、あっちゃいけないんです。小さい頃、皆さまがたのおっかさんは、どうして『嘘をついたらいけないよ』なんて言ったのか、わかりますか？」

乱太がにやりと笑って皆を見回した。

「それはね――」

はっ、と目が覚めた。

「やだっ！　私、今、眠って……」

藍は慌てて外を見た。ところどころ雲に隠れた月の位置に、半刻ほど寝入ってしまったと気づく。

「わっ！　おはようございます！　なんだか不思議なくらい力が漲っております！」

福郎が、目覚めたその勢いでぴょんと飛び上がった。

「いつの間に眠ったのか、ちっとも記憶にないぞ。ええっと、丸太助にはたいそう別嬪で病弱で心優しい姉がいたんだったよな？　なあ、ねう？」

松次郎がねうの顔を覗き込むが、ねうは微動だにせずに、ぐっすり眠りこけている。

「乱太さん、ごめんなさい、えっと、えっと……」

きっと乱太は気落ちしているに違いない。

藍が恐々乱太の顔を見上げると、乱太は予想に反して心から愉快そうに笑っていた。

「お嬢さん、いいのさ。皆が気持ち良さそうに眠っているところを、じっくり見せてもらったよ」

乱太が腹を揺らせて笑った。

「丸太助はこれからいったいどうなるんだ、という、一番盛り上がるところを聞き逃した！　さすが、眠り男の効き目はただ事ではないぞ！」

「私は、丸太助が呑み屋で己のことを『大名のご落胤《らくいん》だ』なんて嘘をついてしまった、というあたりで眠ってしまいました」

福郎が大口を開けて、団子をぱくりと飲み込んだ。

「乱太、教えてくれ。それから丸太助はどうなったんだ？」

松次郎の言葉に、乱太はにんまりとしたり顔をした。

「そいつぁ、言えねえな！　噺家にオチだけ聞こうってのは、医者の先生に、あんたの見立てはいらねえからこの薬だけ寄越せ、ってのと同じくらい失礼な話だぜ？」

「ううう……。医者を例えに出されると、お前の言いたいことは、わかり過ぎるくらいわかるぞ」

松次郎がいかにも残念そうに「いつか必ずお前の寄席に行こう。そのときはこの話の残りをきっと聞いてみせるぞ」と呟いた。

「先生、ありがとうな。お嬢さんも、坊主も、それに眠り猫のあんたもな。俺は、もう平気さ！　高座に上がるのが楽しみで、楽しみで仕方ねえさ！」

乱太が、うんっと頷いて勢いよく立ち上がった。

「あら、もう、お帰りですか？　松次郎先生は、まだ何もお力になれていませんが……」

藍は慌てて一緒に立ち上がる。見送ってよいやら、引き留めてよいやらわからずに、乱太と松次郎を交互に見る。

「いや、松次郎先生、あんたは名医さっ。俺のことを、唯一無二の噺家にしてくれたんだからな！　お礼にお嬢さんにだけ、良いことを教えてやるさ。先生には内緒だぜ」

乱太は藍の耳元に口を寄せた。

「あの話には、オチなんてはなからねえさ。丸太助——丸助の野郎がこれからどうなっちまうかなんて、俺にわかるはずがねえだろう？」

乱太は、目を丸くした藍を面白そうに眺めた。

9

梅雨の合間の、どうにかこうにか一日持ちこたえた曇り空だ。

藍が早足でぐっすり庵に駆け込もうとすると、玄関先で藍の握り拳くらいはある大きな蛙を咥《くわ》えたねうに出くわした。

「きゃっ！　ねう！　ご飯ならたくさんあげているでしょう？　そんな獣のような恐ろしいことは、どうかやめてちょうだいな」

悲鳴を上げて飛び退くと、ねうは不思議そうな様子で頭を傾げた。

「んんー?」

と、咥えた蛙を見せつけるようにして、近づいてくる。

「やめて、やめて、放してあげなさい!」

普段は人の言葉をすべてわかっている猫なので、藍の怯《おび》えた様子を楽しんでいるとしか思えない。

きゃあ、と悲鳴を上げて逃げ回る藍に、ねうが軽い足取りでじゃれつこうとしたところで、口から蛙がぽとりと落ちた。

「はいっ! おしまい! おうちに戻りましょうね。今日は兄さんにお文を届けなくちゃいけないのよ」

一目散に逃げ去る蛙を般若《はんにゃ》の形相で追いかけようとしたねうを、力いっぱい抱き留めた。

ねうは、水から揚げられたばかりの魚のようにのたうち回って抗議する。それをよいしょと肩に載せて、框に上がった。

「兄さん、お久さんからお文が届いたわ! あら? 福郎くんは、今日はいないの?」

松次郎が畳にごろりと横になって、本を読んでいる。

いつもと変わらない姿といえばそうだが、どこかつまらなそうな仏頂面だ。福郎が横に引っ付いていちいちこれは何だ、これはどんな意味だと訊いて回っているときとは何かが違う。

「おとっつぁんに会いに千住へ行ったぞ。日が暮れる前には戻ると言っていたが。戻らないんだったら、そこの林で蛙でも追っかけて、天狗《てんぐ》に攫《さら》われているんじゃないか？」

わざとそんな毒舌を叩きながらも、松次郎は少し心配な顔だ。

「まあ、そうなのね。どうしたのかしら？」

「文を見せてくれ。いや、こんな暗闇で読むのは面倒だな。お藍が読み上げてくれ。嫌な知らせなら聞きたくないぞ」

もっと細かい字の本を眺めながら、松次郎は大きなあくびをした。

「嫌な知らせのはずがないわ！　乱太さん、大成功よ！」

藍は久からの文と一緒に届いていた、寄席の引き札を示した。

鼻提灯《はなぢょうちん》を膨らませて眠る男の顔が大きく描かれた引き札には〝眠り男の乱太〟と

大きく書いてある。

「なんだ、前と少しも変わらないぞ。相変わらず〝眠り男〟なんて呼ばれて。私のおかげであいつ自身の心持ちだけが変わった、って話ならめでたいことだ」

「違うのよ。乱太さんのお噺が大評判なの！　お題を見て」

引き札には、「うばわれた団子」「謎の白黒猫」「見知らぬ蛙男」「閉ざされた猫屋敷の人殺し」なんて、いかにも人目を惹く題目が並んでいる。

「なんだこりゃ、謎解きか？」

「そうなの！　乱太さんのお噺は、すべて謎が謎を呼ぶ、奇妙な出来事を扱った謎解き噺なのよ！」

乱太の謎解き噺は、お江戸中の団子が一夜にして消えたり、白黒猫が現れるたびに空の月が二つに増えたり、蛙男を名乗る顔が蛙で身体が人の化け物が宿場町に現れたり、と、のっけからとんでもない謎が現れる。謎は謎を呼び、物語は闇に包まれていく。

客はわくわく胸を高鳴らせて続きを聞こうとする。どうやってこの謎が解かれるのかを楽しみに待つ。が、だがしかし、〝眠り男〟の乱太に勝てる者は誰もいない。

誰もがオチを聞き逃し、終わりの挨拶で、ああっと悲鳴を上げて跳び起きる。

乱太が楽屋にはけてからは、客席は、隣同士でああでもないこうでもないと謎解きの答えを語り合って、大盛り上がりだ。

「そうか！　うまくやったな！　あいつの『丸太助の噺』のオチは、今でもああだこうだと夢に見るぞ。俺としたことが、どうしてあんなにいいところで寝ちまったんだと、己が悔しくてたまらない」

松次郎が膝をぽんと叩いた。

「お久に返事を書くならば、気の毒な客に茶を振る舞うのは、高座に上がる半刻《はんとき》前にしてやれ、と伝えてくれ」

「どういうこと？」

「あれから、己の身体でいろいろ試してみたが、茶の渋みによって頭が冴え始めるのは、ちょうど半刻後からだ。それより前には効き目はない。むしろ、茶の良い香りと美味い味のせいで身体の芯が緩んで、眠気が増してもおかしくないんだ。客をきちんと起こしておきたければ、茶を与えるのは半刻前さ」

「そうだったのね。お文で伝えておくわ」

きっと乱太さんは、兄さんの忠言を取り入れることはないと思うけれど。

藍は心の中でこっそり呟く。

「これからどうなるかなんて、俺にわかるはずがねえだろう?」

乱太がにやりと笑う顔が、胸に浮かんだ気がした。

「遅くなってすみません、ただいま戻りましたっ!」

玄関で福郎の声が響いた。

「おかえりなさい。松次郎先生が、お待ちかねよ」

「待ちかねてなぞいないぞ」

松次郎が不貞腐《ふてくさ》れて口を挟んでから、「遅かったたな。転んで膝小僧を擦り剝いていないか?　胡乱《うろん》な大人に声を掛けられたりはしなかったか?」と、廊下に身を乗り出した。

「ええ、平気です」

素っ気なく一言だけ答えた福郎に、あれっと妙なものを感じた。福郎の眉は八の字に下がって、明らかにいつもの元気がない。

「ですが、すぐに千住に戻らなくてはならないのです」

福郎がはっと気付いた様子で背後を振り返ってから、ほっと息を吐いた。

「どうして？　いったい何があったの？」

藍が福郎の頰に親指でちょいと触れると、それがきっかけになったように、福郎の顔が泣き出しそうに歪《ゆが》んだ。

「ええっと、お藍さん、困ったことになりました。私は当分、このぐっすり庵に出入りするわけにはいきません。お久さんからの厳命です」

「お久さんが？　どうして？」

ぎくり、と肝が冷えた。

「不審な男たちが、千住で松次郎先生の行方を探っているんです」

「なんだ、お久らしくもないな。お上のことなら心配には及ばないぞ。あいつらが本気を出したなら、どのみち俺は一巻の終わりだ。つまりが今、こうして無事にいられるということは、さほど重要な人物と思われていないということだ。奴らは、時折そうやってきちんと働いているふりを……」

「違います。どうやらその人たちは、西ヶ原から雇われた者らしいのです」

藍は息を吞んだ。

「西ヶ原？　つまり……」

困惑しきった様子の松次郎の背後から、不穏な形の大きな獲物を咥えたねうが、のしのしと歩み寄った。

その参

落語を聞くと、眠くなる？

お昼ご飯を食べてお腹がいっぱいになった昼下がりの授業中、先生の難しい話を熱心に聞いていたつもりが、気付いたらうとうと居眠りをしてしまっていた……という体験は、誰にでもあるでしょう。

睡眠とは、いわば究極のリラックス状態です。

特に自宅の外で昼寝をするときは、その場所が身体的に心地良く、急なトラブルが起きない場所だ、と安心できることが不可欠です。

人間の身体は、異変に対して素早く身構えますが、ある程度同じ刺激が続くと、逆に「この刺激は安全だ」と認識して、リラックスモードに入るようになります。

現代社会では、学校の授業や会議を始めとして、電車やバス、クラシックコンサート、アロマテラピーやマッサージなど、不快ではない柔らかな刺激が続く場面がたくさんあります。どれも、そんなつもりはなかったのにほんの少しうとうととしてしまった、という経験がある人は多いでしょう。

移動の手段は徒歩か駕籠《かご》か馬くらいしかなく、テレビもラジオもない江戸時代。

庶民にとって噺家の落とし噺は、それが芸達者で流れるような語り口であればあるほど、とても心地良い柔らかな刺激となってしまったのかもしれませんね。

第四章　嘘つきには、お茶を一杯

1

長く続いた梅雨がようやく明けた。
眩《まぶ》し過ぎて目が痛くなるような鮮やかな日差しは、既に真夏の気配を漂わせている。
せっかくの好《よ》い天気だというのに、さすがにあれこれ考えてしまいよく眠れなかった。
藍は早起きして、両親の墓参りにやってきた。
手早く雑草を抜いて、墓前に野花を供える。

「おとっつぁん、おっかさん、千寿園を、そしてぐっすり庵をお守りください」

西ヶ原からやってきた松次郎の行方を探る男たちとは、一心が雇った者に違いなかった。

お上に追われている松次郎、そしてぐっすり庵の存在が一心に露見してしまったら、すべてがおしまいになってしまう。

藍は重い足取りで家に戻る道を進んだ。

昨日までの雨が、足元に小さな水たまりをあちこちに作っていた。藍が畑の畦道《あぜみち》を早足で歩くと、きらきら輝く小さな飛沫《しぶき》が弾《はじ》けた。

「毎度、毎度の、長々とした墓参りだな。丑《うし》の刻参りのごとく、おとっつぁんとおっかさんに頼んで私に呪《のろ》いでもかけているのか？」

物騒な言葉にはっと振り返ると、両腕を前で組んで鋭い目をした一心がいた。

「あ、あら、一心さん、おはようございます」

一心と顔を合わせるのは、一心が乱太に「丸助」と呼ばれた日以来だ。

こちらのほうがどんな顔をしていたらよいかわからない心持ちで、藍は目をあちこちに泳がせた。

「千住で、姉さんに会ったんだな」

一心がいかにも忌々しい、という顔で懐から文を取り出した。

「姉さんは、すぐに千住へ戻ってこい、と怒り狂っている。あの人の頭の中では、私はいつまでも五つの坊主のままなのさ。だがこっちはもうとっくに大人だ。姉さんのげんこつなんて怖くない。言いなりになんかなりゃしないさ。私を千寿園から追い出そう、ってお前の当てが外れて残念だったな」

そうは言ってもあの姉が怖くないはずはない。

一心は己に言い聞かせるように、幾度も頷《うなず》きながら言った。

「当て、だなんて。そんなつもりはありませんが……」

追い出しちまおうぜ、という乱太の言葉が胸を過り、少々罪悪感を覚える心持ちだ。

「どうしてあんな嘘《うそ》をついたんですか？　一心さんには、妹も、弟もいないって」

一心が鼻で笑った。

「嘘をついたのは、お前たちのためさ」

「え？　どういうことですか？」

お前たち、の中に、私も含まれるのか。

藍はきょとんとして目を丸くした。

「身の上話で深く通じ合うのは人を動かすための基本だ。蔵之助殿は、千寿園の商売を立て直すことが何よりの悲願だった。そのためには、一切の迷いを捨てて、私の言いなりになる必要があったんだ」

一心はぞっとするような冷たい顔をする。

「そのために、お涙頂戴《ちょうだい》の嘘で、伯父さんたちを騙《だま》したってことですか？」

「騙したとは人聞きが悪いな。私の嘘は、誰のことも傷つけていない」

得意げな顔で胸を張る。

「私は、蔵之助殿の求めに応じて千寿園にやってきた。私の目論見で、千寿園の商売を立て直し、私も蔵之助殿もたくさんの金を手にする。それが目的だ。果たして、私の身の上話がほんとうか嘘かということに、何の意味がある？」

「そんな。でも伯父さんは、一心さんの身の上話が作り話だと聞いたら、とても傷つきます。一心さんへの信頼も覚束《おぼつか》なくなるに違いありません」

「本来は、そんなちっぽけなこと、どうでもいいさ。まず露見しないものなんだ。

今回は乱太の野郎のせいさ。あいつと偶然顔を合わせたのが失敗だったな」

「伯父さんは、一心さんの言うことをすべて信じきっているんですよ……」

藍は眉《まゆ》を下げた。

「この千寿園は、あと少しで、これまでのただの古臭い茶畑から、他《ほか》のどこにも代わりのない金の生る畑へと変わろうとしているんだ。つまらないことを言うな」

一心は心から可笑《おか》しそうに笑う。

「でも、でも……」

「松次郎兄さんは、壮健にしているか？」

いきなり訊《き》かれて、藍は息を吞《の》んだ。

「えっ？　松次郎兄さんは、長崎に留学してからずっと行方不明で……」

「千住宿で顔を見た者がいる。長崎と千住はずいぶん、ずいぶんと離れているな。留学先でふらりと散歩に出た姿を誰かに見られた、なんてわけではないだろうな」

藍はぐっと黙り込んだ。

「人には誰でも隠し事がある」

一心がにやりと笑った。

「もしもお前にそれが理解できるなら、私のことも放っておいてくれ。わかったな」

一心が踵《きびす》を返した直後。

「ああ、一心さま！　こちらにいらっしゃいましたか！」

蔵之助の声が響き渡った。

「なんだ、なんだ、お藍も一緒か！　そりゃ、良いな。楽しくお喋《しゃべ》りかい？　若い者はいいもんだねえ」

蔵之助は人の好《よ》さそうな笑顔で二人を交互に見ていたが、妙な雰囲気を感じ取ったのか、急にしゅんとした顔をした。

「それはそうと、一心さまが仰《おっしゃ》ったとおりに作ってみましたがね。さすがにこれはいけません。長く働いている職人たちも、これじゃ売り物にならない、と申しておりましたよ」

気を取り直したように、小さな巾着《きんちゃく》を懐から出す。

「中を見せてください」

一心が顔色を変えずに言う。

蔵之助が巾着の中身を掌《てのひら》にざっとあけた。

乾いて黒く色が変わった茶葉が、砂利のように丸い粒になっている。

傍《はた》から見ていても、茶葉は湯を入れたくらいではそうそう広がらないくらい、こちこちに固くなってしまったのがわかる。確かにこれでは売り物にならない。

一心が黒い粒を一つ手に取った。

ぱくりと口に放り込む。

「これでいい。とにかくこれを、たくさん作ってください」

「へっ？　いや、しかし、これでは茶の味が少しも……」

「味はいらない。私が作ろうとしているのは茶ではなく薬なんだ」

「薬だって？」

蔵之助が仰天した顔をした。

「これを〝しゃっきり丸〟と名付けて売り出せば、お江戸中のくたくたに疲れた奴《やつ》らがこぞって買い求めるでしょう」

「ちょ、ちょっと待ってください。〝しゃっきり丸〟って、それはいったい何ですか？」

藍は思わず割って入った。

松次郎が金持ちの清兵衛に渡した眠り薬、〝ぐっすり丸〟とはまったくの逆の名だ。

つまり〝しゃっきり〟目が覚めて、きびきびと働くことができるようになる薬に違いない。

ぐっすり庵で、目を爛々《らんらん》と輝かせてねうを称《たた》える言葉なんて書いていた、松次郎と福郎を思い浮かべる。お茶の葉の隠された効能だ。

越中富山なんてとんでもなく遠くの薬種問屋が千寿園の借金を立て替えた、というのは、こういうからくりだったのか。

「ですが一心さま、千寿園は茶問屋です。私どもは、皆さまに美味《おい》しいお茶を飲んでいただけるようにと丹精込めて茶の木を育てております。なので、薬となるとまた商売が違うことになるかと……」

蔵之助が、愛想笑いを浮かべながら額の汗を拭《ぬぐ》った。

「何が違うのです？　千寿園で作った〝しゃっきり丸〟で皆が救われる。わざわざ茶を淹《い》れて、湯呑みに入れて飲んで、ひとりぼけっとしたり、皆で美味《うま》い、美味いなんてよくわからないことを言い合う、なぞまだるっこしいことをしなくとも、薬を一つ口の中に放り込むほうが、ずっと手軽でずっと確実に疲れが取れて力が湧《わ》くのです。いったい何に不満があるのです？」

「いいえ、確かに、確かにそうではございますが……」

「蔵之助殿、そんな甘えたことを言っているから、千寿園の商売は傾いてしまったのですよ」

「ひいっ、どうぞ、どうぞお手柔らかにお願いいたしますよ」

　蔵之助がまた汗を拭った。

「弟さんは今頃、草葉の陰で、『兄貴、そんなつまらないことに拘《こだわ》るな』と仰っているに違いありませんよ。少なくとも、私の弟なら、きっとそう言います。兄弟で商売の苦楽を共にした、私の弟ならね」

　一心はちらりと藍を睨《にら》み付けると、ふんっと誇らしげに笑った。

2

藍は蔵之助と二人、畦道を並んで歩いた。足元に、刃物で切り取られた小枝のような茶葉がいくつも落ちている。

藍の両親がまだ生きていて、茶摘み娘たちがひとつひとつ手作業での新芽を摘んでいたときには、この畦道は塵《ちり》ひとつなく綺麗に整えられていた。

それが今では、こんなに殺伐《さつばつ》とした有様だ。とにかく急げと駆り立てられて、使用人たちが鎌を手に力任せに素早く作業をした様子が目に浮かぶようだ。

「弟が生きていたら、今の千寿園を、どう言っただろうね。あいつは一心さまの言うように、小さいことに拘らない大らかな人であったには違いないさ。けれど、己の仕事に対しては、とても細やかで拘りが深かったはずなんだがなあ。もっとも、金勘定があまり得意でなかったのは、二人とも同じだ」

蔵之助が空を見つめてぽつりと呟《つぶや》いた。

藍が見上げると、寂しそうに笑う。

「私は百姓だ。良い茶葉、上等な茶葉を見分けて、それを作り出すように奮闘することはできる。けれど、美味い茶、というものが何なのかは、正直なところよくわからなくなってきてしまった。もしも茶を飲んでいる者が皆、ほんとうはただ茶の効能に惹《ひ》かれているだけなのだとしたら。一心さまの言うとおり、〝しゃっきり丸〟を売り出したほうが手軽なのかもしれないな」

「以前我が家で働いてくださったお久さんの淹れてくれたお茶は、とても美味しかったですよ。あのお茶は、茶葉の薬としての効能だけではありません。ほんとうに美味しい味を感じたんです」

「千住の水茶屋に嫁いだあの女中か。確かに千住のお久の店は、別嬪のお運びの娘なんてひとりもいなくとも、いつも賑《にぎ》わっていると聞いたね。よほど美味い団子を出すんだろう」

「伯父さん、違うんです。お久さんのお茶は、ほんとうに……」

蔵之助は、幾度か軽く頷いて藍の言葉を聞き流した。

「お藍は、千寿園が一心さまの言う〝しゃっきり丸〟を作ることに反対なのか？」

「ええ、もちろんです！」

藍は鼻息荒く頷いた。

「ならば、お前はこの千寿園で何ができる？」

蔵之助がどこか父に似た声で、厳しい顔をした。

藍ははっと息を呑んだ。

「……何もできません。今、私にできることは何もありません」

藍は項垂《うなだ》れた。

蔵之助のように畑のことに詳しいわけでもなく。一心のように商売のことがわかるわけでもない。一心の姉の留のような女丈夫として、使用人以上に駆け回っているわけでもない。

結局私は、傍から文句を言っているだけの〝役立たず〟の〝ただ飯喰《ぐ》らい〟だ。

「いや、できることはあるぞ」

蔵之助の言葉に、藍は光が差したような気持ちで顔を上げた。

「一心さまに、嫁に行くんだ。妻として心を込めて一心さまを立て、一心さまを支えろ」

藍は思わずぶるりと首を横に振った。

「一心さまは、本気で千寿園をお江戸でいちばんの大店にしようと目論《もくろ》んでいらっしゃる。最初はそんなことできるはずはないと思っていたが、茶の薬効の話、そして〝しゃっきり丸〟の話を聞くと、それはもしかしたら夢物語ではないのかもしれない」

「ねえ、伯父さん、そのお話は……」

「一心さまに婿に入っていただけたなら、千寿園は安泰だ。他からより良い条件を出されて、一心さまが新しい商売を始めることになった、と、放り出されてしまうようなこともないだろう。そうすれば私も安心して、千寿園のこれまでのやり方を大きく変える踏ん切りがつく」

「ごめんなさい。一心さんと祝言を挙げるつもりはありません」

「我儘《わがまま》を言うな！　お藍、お前にできることは、それしかないだろう！」

ぴしゃりと頰《ほお》を叩《たた》かれたような強い口調だった。

藍は言葉を失って蔵之助を見つめる。

「……すまん。お藍、お願いだ。一心さまと祝言を挙げてくれ」

蔵之助が頭を下げた。

「伯父さん、そんな、やめてください」

慌てて顔を上げてもらおうと背に触れるが、蔵之助は意に介さない。

「頼む、このとおりだ。これは、千寿園のためなんだ。一心さまに見捨てられてしまったら、千寿園は今度こそおしまいなんだ」

蔵之助はさらに深々と頭を下げた。

3

一心が倒れたという知らせを聞いたのは、それからすぐのことだった。

「あら、お藍お嬢さん、いらしてくださったんですね。さ、さ、どうぞお上がりくださいな。旦那さまも奥さまも、困り果てていらっしゃいます。お嬢さんがお見舞いにいらしてくださったと知れば、少しは気も晴れましょう」

出迎えた女中が声を潜めた。

「お藍だって？」

奥から伯母の重《しげ》が顔を覗《のぞ》かせた。

「お重さん、一心さんはいかがですか？」

「ああ、お藍、来てくれたんだね。一心さまは、急に動けなくなっちまったんだよ。ある朝起きたら、布団から一歩も起き出すことができなくなっちまったっていうんだから、医者を呼んでもさっぱりわけがわからない。うちの人は、噂《うわさ》を頼りに川越あたりまで評判の医者を探しに行っちまったし。いったいどうしたものやら……」

「一心さんは、今、どちらに？」

「部屋で寝込んでいるよ。真っ青を通り越して、死人の肌みたいな土色の顔をして、飲み喰いもろくにせずに、ただ庭を見ていらっしゃるのさ」

重が気を揉《も》んだ顔をして、廊下の奥に目を向けた。

「私、一心さんと話してみます」

奥の部屋に向かった。

「一心さん？　藍です。お身体の具合が良くないと聞いて、お見舞いに参りました」

襖《ふすま》越しに声を掛けた。

中は静まり返っている。

もう一度声を掛けようとしたところで、襖がするりと音もなく開いた。

藍は胸の中で、きゃっと叫んだ。

隙間《すきま》から、窶《やつ》れ果てて暗い表情をした一心が顔を覗かせていた。

その顔つきには生気がまるでない。すっかり枯れて茶色く萎《しぼ》んでしまった花のようだ。

一心はろくに気持ちの籠《こも》らない目で藍を眺めると、勝手に部屋に入れば良い、とでも言うように踵を返して奥に戻った。

「お具合は……いかがですか？」

「……良くない。身体が動かない。私は働かなくてはいけないのに。『金は芝居の客と同じだ。役者が舞台を駆けずり回って楽しませてやらなくては、あっという間に飽きて帰ってしまう』」

一心はこれまでの自負に満ちた喋り方からは考えられないような暗い声で、ぼそぼそと呟いた。

「いつもの一心さんらしさが残っていて、ほっとしました。この間の鴨の親子の例えと違って、そちらはまさに本に書けそうですね。挿絵の色男さんが、舞台で見得を切っている姿が目に浮かびます」

明るい声で掛けた言葉とは裏腹に、一心のげっそりと窶れた様子に、これはたいへんなことになったと思った。

「お医者さんを呼ばれたんですね。何と仰っていましたか？」

「ただ疲れが溜《た》まっただけだと。よく喰い、よく眠れば自《おの》ずと治っていくそうだ」

「そうでしたか。大きな病ではなくてよかったです。ならば、しばらくごゆっくりお過ごしくださいな」

一心が倒れた、と聞いたそのときだけは、「あんな滅茶苦茶をして、いい気味だわ」という言葉が過らなかったといえば嘘になる。

だがそんな意地悪な気持ちは、一心の疲れ切った顔を見たそのときに掻《か》き消えてしまった。大きな病ではないと聞くとほっと安心した。

「無理だ。万屋一心、ここまでだ」

「えっ？」

一心が荒れた下唇を嚙《か》み締めて、いかにも悔しそうに言った。

「どうして無理なことがありますか？　千寿園は、ここから一心さんが指示を出していただければ、しばらくは伯父さんたちがうまく回せるはずです。あの〝しゃっきり丸〟というのについては、私は異論がありますが。まあひとまずそれは置いておいて、普段の作業ならばいくらでも」

「眠れないんだ。よく喰い、よく眠れと言われても、私にはそんなことは無理な話なんだ」

一心の告白に、藍はぐっと黙り込んだ。

「……眠れない、ですか？」

どうしよう、と胸の内で呟く。

一心の顔を見つめる。

顔色は黒ずんで、目元には青く見えるほどの隈《くま》。目玉は血走ってぎらついて、息がひどく浅いのが離れていてもわかる。

母の喜代を失って落ち込んでいたときの藍の姿とそっくり同じだ。

胸がちくりと痛んだ。

「ご自慢の〝しゃっきり丸〟、もう少し早く完成すればよかったですね。それを飲んでいたら、あっという間に良くなっていたはずです」

思わずぷい、と顔を背けた。

「もうずっと昔から同じようなものを飲んでいるさ。飲み過ぎなくらいにね。〝しゃっきり丸〟は、最初に奉公に入った木綿問屋での習慣が始まりなんだ。ろくに飯ももらえず、眠らせてももらえなかった小僧たちが、主人たちが茶を飲んだ後の茶《ちゃ》滓《かす》を拾ってきて、菜の代わりに一気に喰っていたんだ。すると不思議と目が冴《さ》えた。それからずっと、世話になっている。この効能を使えば、あくせく働く者にとって、茶葉はなくてはならないものになるはずだったんだ。そんな私の目論見があったからこそ、あの薬種問屋も千寿園に大金を出してくれた」

一心が疲れた様子で大きなため息をついた。

藍は眉間《みけん》にぐっと皺《しわ》を寄せた。

一心の言い分は、ちっとも納得がいかない。千寿園のお茶が人を働かせるためだけの薬になってしまうのは、許せなかった。

お茶というのは、疲れた人の心を優しく包み込むような温かいものだ。身体の強張りをほぐし、凝り固まった頭に新たな道を示すものだ。

だが――。

　一心の暗い顔に向かって、藍はほんの僅《わず》か頷いた。

　人の心があれば、こんな弱り切った人を相手にできることはただ一つ。どうにかして良くなってもらえるように、手を差し伸べることしかない。

「一心さん、もしかして今、重なってはいませんか？」

　小さく微笑《ほほえ》んだ。

「重なる、だって？　いったい何のことだ？」

　一心が虚《うつ》ろな目をして、不思議そうに首を捻《ひね》った。

「噺家の乱々亭乱太さんから聞いた言葉なんです。悩み事っていうのは、一つならば己でも気付かないうちにあっさり解決できているもの。ですが、二つになるとそこからが悩み事に、三つになるともう駄目だ、と……」

「あの乱太が、そんな偉そうなことを言ったのか」

　一心が苦虫を嚙み潰《つぶ》したような顔をした。

「一心さんの胸には、きっと、いくつかの悩み事が連なっているんですよね？　その一つを、私たちに預けてみませんか？」

　乱太に掛けてもらった言葉をそっくりそのまま受け売りだ。

「私たちだって？　いったい誰のことだ？」

一心の目が微《かす》かにぎらりと光った。もう後に引けないと腹を括《くく》る。

「私たち、は、私たち、です。一心さんの悩み事の中でいちばん大きな、〝眠れない〟ってことを、私たちにお預けくださいな！」

藍は胸を張って言い切ると、一心の手首をぐいっと摑《つか》んだ。

「良いですか、一心さん。あなたはしっかり眠らなくてはいけません。眠らないうちは、すべての悩みは決して消えず、悩みはあなたを蝕《むしば》むばかりです。今すぐに、ぐっすり庵に参りましょう！」

「ぐっすり庵？　何だそれは？」

「いいから、早く、早く」

困惑しきりの一心の尻を少々強めにぺちんと叩いて、藍は表へ駆け出した。

4

ぐっすり庵に、ほんのりと茶の匂いが漂う。

「すぐに先生がいらっしゃいます。それまでこちらの先生特製のうすーいお茶を啜《すす》ってお待ちください。心がほっといたしますよ」

藍が、湯呑みを差し出すと、一心が困惑した顔をした。

「こんなに薄い茶なんかに、身体を目覚めさせる効能は何もないぞ」

「いいから、いいから。お茶の楽しみっていうのは、それだけではないんです」

藍に促されて、一心が一口茶を啜る。

「いかがですか？」

「気の抜けた味だ」

「温かいお湯をゆっくり飲んだだけでも、胸のあたりのつかえが少し解《ほぐ》れた気持ちになりませんか？」

一心が己の胸に目を落とした。

「……そんなものは気のせいだ」

つまらなそうな顔で、ぼそりと言い捨てる。

「まあ、一心さんって、とっても強情っぱりなんですね」

藍は臆する心を抑えて、微笑んでみせた。

もし一心が倒れることがなかったとしても、一心に目の敵にされたら最後。遅かれ早かれ、松次郎の存在は暴かれてしまっていただろう。

ここまで来たら、運を天に任せるしかない。

と、襖が開いた。

「妹をいじめる丸顔の男ってのは、お前のことか」

松次郎が胸元にねうを縦抱きにして、真正面から一心を睨み付けた。

「妹……ってことは、あんたが、お上に追われるお尋ね者の松次郎兄か？　まさか、こんな近くに身を隠していたなんて。蔵之助殿は、呑気《のんき》にもほどがあるぞ」

一心が急にしゃんとした顔をした。普段の、抜け目ない様子が戻ってきたように見えて、藍は肝が冷えるような気がした。

「そうだ、そうだ、そのとおりだ。だからどうした。皆に暴いてやるぞ、って話なら、こっちにも考えがあるぞ。これから先、永遠にお前はぐっすり眠ることはできない呪いをかけてやる」

松次郎がねうの前脚を摑んで、「お前は、眠れない、眠れない、これからずっと眠れない」とまじないを呟きながら円を描く。

ねうが松次郎のまじないに合いの手を入れるように、「にっ、にっ」と鳴く。

「や、やめてくれ。そんな不吉な言葉、聞きたくもない」

一心は、両耳を押さえて泣き出しそうな顔をした。

「一心さん、聞いてください。こちらにいる、ちょっとふざけた人は、お察しのとおり、長崎から戻った松次郎兄さんです。事情があって身を隠しながら、ここで〝ぐっすり庵〟という眠り医者を開いているんです」

「眠り医者、だって？　つまり、ここにかかれば眠らせてくれるってことか？」

一心の顔つきが変わった。

「眠らせないこともできるぞ。そうれ、そうれ」

再びねうの前脚を取った松次郎を、藍は、兄さん、悪ふざけはもうおしまいよ、と睨んだ。

「いつから眠れない？」

遊びに飽きたねうが松次郎の腕からぱっと飛び降りると、白い抜け毛が舞った。

「……もうずっと前からだ」

「まだるっこしい言い方をするな。治る気があるのか？　何でもすっきり手軽に簡単に、ってのがお前のやり方じゃないのか？」

松次郎が小指で耳を掻いた。

「十六からだ。奉公先を逃げ出してからさ。〝万屋一心〟として商売を始めてからは、より酷《ひど》くなった。さらに千寿園で〝しゃっきり丸〟の試作品を毎日飲むようになったら、いよいよ……」

「〝しゃっきり丸〟か。いかにも偽薬らしい何とも嫌らしい名だな」

松次郎は大きく頷いた。己の作った〝ぐっすり丸〟を思い出しているらしい。

「だが、お前が作ろうとしているものは凄《すさ》まじい毒だ。世に出る前にお前が倒れなければ、どれほどたくさんの人が命を落としたかわからない」

「命を落とす、だって？　茶の葉ってのは、そんなに強い毒なのか？」

一心がぎょっとした顔をした。己の手足に視線を巡らせる。

「お前は、何事も簡単に考え過ぎだ。茶の葉、それ自体に、それほど強い毒があるわけではない。だが、茶の葉の効能に頼りきった世は、いったいどうなる？　〝しゃっきり丸〟のおかげで、休まず、眠らず、ひたすら働きづめでいることができるようになったら、女や子供や老人、生まれつき身体の弱い者などはどうなる？」

松次郎がため息をついた。

「この男は、世のため人のためにも、なるがままに任せたほうが良いな。あと十日もそうやって過ごせば、思い悩むこともない心安らかなところからお迎えがやってくるだろう」

「駄目よ、助けてあげてちょうだい！」

藍は仏頂面で言った。

「いいのか？　こいつに任せたら、千寿園はあっという間に人の命を奪う怪しい薬畑に変えられちまう。恩をすっかり忘れて、俺のことを皆に知らせて回るかもしれない。俺としては、今ここで、とどめを刺しておいたほうがいいと思うぞ」

「一心さんのやり方には、納得がいかないこともたくさんあります。でも、一心さんは、眠れないいんです。いつも気を張ってしまって、決してほっと一息つくことができなくて、困っているんです」

藍は眉を下げた。

「おーう」

松次郎の代わりに応えたねうが、尾をぴんと立てて一心の前に進み出た。

5

一心の低い寝息が響く。

「一心さん、やっぱり、とてもお疲れだったのね」

一心はまるで人形を抱く赤ん坊のように、ねうをひしと抱き締めている。

ねうは、松次郎にそうされたなら、あっという間に迷惑そうに逃げ出すに違いない。だが、今は薄《う》っすら目を閉じてまんざらでもなさそうだ。

ねうはとても心優しい猫なので、己を求める人の心に寄り添ってくれているのだ。

藍は部屋の隅の盆の上で、土瓶から湯吞みに湯を注いだ。

湯吞みがほかほかと温かくなるくらい、しばらくそのまま置いておく。

しっかり湯吞みに熱が移ったら、ちょうど湯は少し冷めて飲み頃になっている。

急須に茶葉を二摘まみ入れて、湯吞みのお湯をゆっくり注いだら、朝顔の花のようにみるみるうちに茶葉が開いていく姿をじっくり見守る。

茶葉が開ききってから、急須をゆっくり一度だけ横に回して色の出方に気を配り、茶葉の新芽と同じような瑞々しい黄緑色になったと思ったら、すぐに湯呑みに注ぐ。

湯呑みに注ぐときは、どれかひとつの湯呑みの中身だけが濃くならないよう、同じ量を回し入れ、最後の一滴まで絞るように注がなくてはいけない。

「はい、兄さん。お久さん直伝のお茶の淹れ方をやってみたの。飲んでみてちょうだいな」

藍が湯呑みを差し出すと、松次郎が不思議そうに手に取った。

ずずっと啜る。

「……美味いな」

「ほんとう？　お久さんの味になっている？　兄さんが褒めてくれるなんて思わなかった！」

藍は身を乗り出した。

「福郎の出すあの滅茶苦茶な茶に比べれば、だ。お久の味には遠く及ばない」

松次郎が唇を尖らせてから「だが、美味い」と、もう一度湯呑みに口を付けた。

藍はにっこり微笑んだ。

己の淹れたお茶を手に取ると、中でゆらゆらと茶柱が立っていた。

やけどしないように、ほんの少しずつお茶を喉に流し込む。

千住宿で久に飲ませてもらったお茶と比べたらまだどこか青臭いところが残る。

久のお茶の味が、一面に青葉が輝く茶畑の新緑の風ならば、藍の淹れたお茶は、山道をえっちらおっちら登っているときの、ひとやすみの木陰の匂いだ。

だが、ほんの少し気を配っただけで、お茶の味は驚くほど深みが増す。

「……やれやれ、ね」

お茶の匂いの息を吐いて藍がしみじみ言うと、松次郎も「ああ、やれやれだな」と長閑《のどか》な声で応じた。

「一心の言うとおりだ。茶には身体の疲れを取り去り、眠気を覚ます効果がある。お須賀《すが》を覚えているだろう？　あいつも茶葉の効能には、妙に拘っていたもんだ」

松次郎と長崎の鳴滝塾で同門であった須賀は、医師としての高い志を胸に働く女丈夫だ。かつて松次郎を訪ねて江戸にやって来たが、今はひとり諸国を回って病人の治療に励んでいる。

松次郎がまた茶を飲んだ。今度はごくりと喉を鳴らす。

「だが、お須賀と一心が違うのは、それをひたすら金儲けに使おうとするだけかどうかさ。茶の効能の一部だけを絞り出した〝しゃっきり丸〟なんてもんがあいつの薄っぺらい本のように手軽に出回ったら、この世はろくなもんにならないさ」

「皆はお茶の薬効に惹かれているだけじゃないのよね。こうやって誰かとのんびりお茶の味を楽しんで、お喋りをしたりおやつを抓《つま》んだりしながら過ごすこの時が大事なのね」

「そうさ、人との関わりも本の読み方も茶を飲むことも同じだ。手軽にいいところだけを手に入れようとすれば、何も残らない。難しい本を読み解くように、じっくり手間暇をかけて、身体を、頭を癒《いや》すことを楽しめるのが、茶のいいところさ」

松次郎はぼんやりと湯呑みの湯気を眺めた。

「人は、己でじっくり考えて導き出したものは忘れない。だが、耳障りの好い言葉をいくら聞かされてわかった気になっても、あっという間に忘れてしまうもんさ」

そのとき、一心が何かを呟いた。

「……ひとつ」

瞼《まぶた》を閉じたままの一心の眉間に皺が寄る。

「……ひとつ、ふたつ、みっつ」

「数を数えているのか？」

藍と松次郎は、顔を見合わせた。

「……いや、たりないぞ。ひとつ、ふたつ、みっつ、よっつ」

一心が苦しそうに呻《うめ》く。

「一心さん、ずいぶん辛《つら》そうだわ」

藍は一心の額にびっしり浮かんだ汗の粒を手拭いで拭いた。

「……もういちどだ。ひとつ、ふたつ、みっつ、よっつ」

「……いつつ」

「兄さん！　余計なことを言わないでちょうだいな！」

藍が松次郎を睨んだそのとき、一心の顔が蜂《はち》に刺されたように、うわっと歪《ゆが》んだ。

「いつつ！　いつつもあるのかっ！」

目を剝《む》いて跳ね起きた。

腕にはねうをしっかり抱き締めたままだ。

「一心さん、平気ですか？　いったい、何を数えていたんですか？　あ、ええっと、ねうが苦しがっているから、放してあげてくださいな」

藍が一心の腕をぽんぽんと叩くと、一心がはっとしたように身を震わせた。

自由の身になった途端に、ねうは一目散に庭へ走り去る。背の高い雑草の中から、「うおおおん」と気晴らしの雄叫《おたけ》びのような唸《うな》り声。ねうは、ずいぶん一所懸命に働いてくれていたのだろう。

「数えていた、のか。やはり数えていたんだ。私は、毎晩寝る前に、必ずきちんと数えなくちゃいけなかったんだ」

一心が呆然《ぼうぜん》とした様子で虚空を見つめる。

「何のことですか？」

怪訝な気持ちで促す藍に、一心が口を開こうとしたそのとき。

「気をつけろ！　お藍！　こいつは嘘つきだ！」

松次郎の声が飛んだ。

「ちょ、ちょっと、嘘つき、だなんて。そんな失礼な呼び方。一心さんが、今、せっかく心を開いて打ち明けようとしてくれたのに。兄さんはどうしてそう、気が利かないのよ」

「松次郎先生の言うとおりだ。私は嘘つきだ」

一心が頭を垂れるように深く頷いた。

松次郎が一心に向き合った。

「嘘つきってのは、ぺらぺら思い付いた適当なことを口にするだけの軽薄な奴だ、というのは、噺家の落とし噺の中だけのことさ。まっとうな頭を持った大人ならば、嘘をつくことはたったひとつだけでさえ、とんでもなく疲れ切る」

「ああそうさ、松次郎先生の言うとおりだ。私は、己の嘘をすべて覚えていなくてはいけなかったんだ。それがお藍さんの言った、〝重なった〟ってことさ」

一心が自嘲《じちょう》気味に笑った。

「お前はきっと、ずいぶん苦労をしたな。たとえほんとうの出来事だって、日が経てば細かいところはどんどん忘れていくもんだ。嘘つきは、己の口から飛び出したものを、寸分違《たが》わずきっちり覚えていなくちゃいけないんだ。常に誰かに『お前の秘密を暴いてやる』って脅されているのと変わらないのさ。どれほど気が細るかわからない」

「ああ、そうだ。俺はいつだって己のついた嘘のせいで、少しも穏やかに眠れやしないんだ！」

一心の目に涙が浮かんだ。

6

藍の出したお茶を一口飲んだ一心は、はあっと大きなため息をついた。

「ほんとうの出来事なんて、辛いことばかりだ」

拗《す》ねた子供のような顔をして、また一口お茶を飲む。

「私は、九人兄弟の末っ子だった。それも生まれてすぐにおっかさんを亡くして、おとっつぁんは行方をくらました。結局、まだ子供みたいな兄姉たちに代わる代わる押し付けられながら育ったさ。兄姉たちにひどくいじめられたりはなかったが、貧乏のせいで、いつだって食い物を奪い合うような間柄さ。味噌っかすの私は、誰にも甘えることができずに、いつも腹を空《す》かせて泣いていた。そんなどんよりした昔話、いったい誰が聞きたいと思う？」

一心が、嫌な記憶を思い出したように激しく首を横に振った。

「でも、いちばん上のお留さんは、一心さんのことをとても気遣っていましたよ」

藍の胸に、いかにも頼りになりそうな太い腕の女丈夫の姉の姿が浮かんだ。

「お留姉さん、か。あの人は別だ。生まれたときから俺たち皆と出来が違う」

一心がふっと笑った。

「あの人は、兄弟の中でひとりだけ身体が強くてね。俺たちと同じものを食べているとは思えないほどの力持ちだった。さらに輪をかけて気も強い。千住の子供たちの餓鬼大将に収まるだけでは飽き足らず、商売の才まであったんだからな」

留は十にも満たないうちに、道端に茣蓙《ござ》を敷いて千住宿の旅人相手の足揉《あしも》みの商売を始めた。

「肩やら首やら腰やら、ってところを揉む按摩《あんま》、ってのはなかなか難しいもんだろう。そこいらの子供が見よう見まねでやって、客の筋を違えたら大ごとだ。けど、足の筋は人の身体の中でいちばん丈夫だからね。子供の力でちょっとやそっとぐいぐい押したからって、毒にもならなければ薬にもなりはしない。そのくせ、揉まれている本人はすごく気持ちがいいって話で、お留姉さんの足揉みは大評判になった」

一番多いときは、兄弟のうち五、六人が常に駆り出されて、ずらりと茣蓙を並べていたという。

「姉さんのおかげで、俺たちはどうにかこうにか生き延びることができた。あの人には頭が上がらないさ。門屋の若旦那に見初められた、ってのも当然さ。けどね、子供心には出来がよすぎる姉ってのは、なかなか煙たいもんでね」

一心が泣き笑いのような顔をした。

「千住では皆から、お留のところの味噌っかす、と思われていたんだからね。姉さんが奮闘すればするほど、俺はなんてちっぽけなんだろう、って寂しくなったさ」

「一心さんの気持ち、わかります！」

藍は思わず声を上げてから、慌てて両手で口を押さえた。

幼い頃の思い出が蘇った。

常に両親の熱い期待を受けて周囲に称賛される秀才の松次郎の横で、藍は「兄さん、すごいわ」といつもにこにこしていた。優しく賢い松次郎は、自慢の兄だった。けれど兄の目覚ましい活躍を前に、時々、たまらなく寂しい気分になるときもあった。

大好きな兄が、大好きな両親に褒められている光景。誰も少しも悪いことはない。

藍だって一緒に幸せな気持ちにならなくてはいけないのに、なぜだか胸がずんと重くなってしまう。そんな己が嫌で、もっと気持ちが落ち込んだ。

「藍には、力持ちの姉さんなんていないだろう？」

松次郎は見当外れのことを言って、きょとんとした顔で首を傾げている。

一心が松次郎の顔を見て、それから藍のほうを見た。

お茶を一口飲んでから、はっと気付いたように、藍に向かってほんの僅か目配せをした。一心の口元が綻《ほころ》ぶ。

藍も肩を竦めてみせた。

「なぜだろう。誰かに、こんなに己のことを話したのは初めてだ」

「私のお茶のおかげですよ」

藍はすかさず胸を張った。

「千住宿の水茶屋のお久さんに、美味しいお茶の淹れ方を教えてもらったんです。お久さんが淹れるお茶にはまだまだ及ばないけれど。でも、美味しいでしょう？

お久さんのお茶は、お留さんも毎日飲みにいらしているんですよ」

「お留姉さんが、茶を飲んでいるのか」

一心が目を細めて湯呑みを見つめた。

「茶の味が、美味しい、というのはどういうことなんだ？　これまで、考えたこともなかった。甘くもなければ、塩辛くもない、いくら飲んでも腹の足しになるわけでもない」

一心が、もう一度、湯呑みに口を付けた。

しばらく考えるような顔をする。

「一心、お前がうまく眠れる方法を、教えてやろう」

ふいに、松次郎が言った。いつの間にか松次郎の膝の上にいたねうが、大事なことだからこちらを向け、というように「ににっ」と鳴いた。

「これまでついた嘘をすべて相手に打ち明けて、真っ正直に生きろ、って話かい？生憎そんな子供じみた真似はできないよ。松次郎先生、あんただって、いきなり誰かから『昔あんたに、俺には弟がいると言ったけれどそれは嘘だ』なんて言われたら、こいつは気が狂ったかと思うだろう？」

「違う。俺は眠り医者だ。お前がこれまでどう生きたか、これからどう生きるかなんてことは心底どうでもよい。お前の眠りの話をしているだけだ。俺の話を聞くのか、聞かないのか」

「も、もちろん教えておくれ。どうしたら、私は眠れるようになるんだい？」

一心が身を乗り出した。

「耳を澄ますんだ」

松次郎が、ねうの耳を指さした。蝶《ちょう》の羽に触れてしまったときのように、ねうの三角形の耳が、ばばっ、と小刻みに震えた。

「耳……？」

「お前の胸の内は、己のついた嘘のせいで滅茶苦茶に絡まり合っている。いつもどこかで頭の中がちかちか光って、考え事ばかりだろう。だがそれ自体を解決するのはお前がこれから人との関わりの中ですべきことだ。寝る前のお前は、心を込めて、ただ耳を澄ますことだけをすればよい」

「そんなことをしたら、これまで気に留めていなかったような物音がかえって気になって、眠れなくなっちまうよ」

軒下の雨垂れの音や、隣近所の話し声。私はあれが大嫌いだ、と、一心が顔を顰《しか》めた。

「そのすべての物音に、もっとずっと集中するんだ。この耳に入るどんな音も聞き逃さない、と決めて、己の息の音、心ノ臓の拍動にまで耳を澄ます。それをひたすら続けるんだ。騙されたと思って試してみろ」

これで松次郎の話が終わったと感じたのか、ねうが素早く身を引いて、「やれやれ」という顔で、耳を前脚で念入りに手入れし始めた。

7

毎朝の習慣である家中の掃き掃除を終えた藍は、お盆に湯呑みを一つ、それにお煎餅を一枚載せて縁側へ出た。

今日もよい天気だ。薄っすらと白い雲の浮かぶ青空を見上げると、どこかで鳩《はと》の鳴き声が聞こえた。

「まあ、茶柱だわ。きっと今日も、いいことがあるわね」

両手で湯呑みを大事に包み込むように持ち、縁に口を付けて一口飲む。

「わっ、あちちっ」

慌てて口を離す。危ない、危ない。やけどをするところだった。己だけのために淹れたお茶は、気付かないうちにどこかで気が焦ってしまっていたようだ。

「今度から、もう少しゆっくり手間をかけて、お湯を冷まさなきゃいけないわね」

確かによくよく見直すと、普段よりも湯気が多い気がする。湯呑みの表面にふうっと息を吹きかけると茶柱が揺れた。

もう一度、今度はゆっくり。

熱いお湯が喉をゆっくり落ちていく。ほっと息を吐くと、茶葉の香りが身体中に広がる。

久のお茶と違うところは、息を吐く前から僅かな苦みが舌に残ってしまうところだ。久のお茶を口に含んだときは、砂糖など一切使っていないのに、ただただほんわりと甘かった。

そして残り香を味わうときになってから初めて、甘さを引き立てるかのようなほのかな苦みを感じていたことを知る、という具合だ。

「うーん。いったいどうしたら、お久さんのあの味になるのかしら」

首を傾げながら煎餅に手を伸ばして、大きな口を開けて勢いよく齧《かじ》る。

お茶で温まった身体に煎餅の強い塩気が沁《し》み込んで、頬のあたりが、つんと痛くなるほど美味しく感じた。

「やれやれ。ああ、美味しい。おやつと一緒なら、私のお茶もまあまあ悪くないわね」

ぼりぼりと煎餅を嚙み砕きながら、藍は呑気に呟いた。

かつては両親と松次郎、久と共に騒がしく過ごしていたこの家。

藍ひとりきりが残ってしまってからは、この家は、ただ寝起きするだけの寂しい場所になってしまっていた。

けれどもこの家にお茶の匂いが漂うと、あの頃の安らぎが戻ってくるような気がした。

目まぐるしく移り変わる日々の中、ひとりでぼんやり外を眺めていると、いったい私の先行きはどうなるんだろう、なんて不安になってしまうこともある。

だが傍らにお茶が一杯あるだけで、今このとき、己の心が、身体が、ほっと一休みしているのだとわかる。

美味しいお茶を飲んで、ちょっとしたおやつを口に放り込んで、一休みすることができたなら。

自ずと「やれやれ」という呑気な言葉が口をつく。

「みっ、みっ」

顔を上げると、庭の雑草を掻き分けてねうが現れた。

朝の縄張りの見回りの最中なのだろう。尾っぽをぴんと立てて、いかにも賢そうな顔をしている。

「まあ、ねう、いらっしゃい。ちょうど良いところに来てくれたわ。ちょっと、私のお喋りに付き合ってちょうだいな」

藍が己のすぐ横を叩くと、ねうは素早く縁側に飛び乗った。毛並みを撫でてやると、ねうは、先ほどまでの真面目な様子が嘘のように、うっとりと目を閉じてその場で巻貝のように丸くなる。

「いい子、いい子、一休みよ。ずっと気を張っていたら、疲れちゃうものね」

藍はにっこり笑って、ねうのお尻をとんとんと叩いてやった。

「ねえ、ねう、お茶って不思議ね。誰かと一緒に飲めば、話が弾む。気持ちが楽になって、相手と通じ合えた気がする。ひとりで飲めば、のんびりほっと一休み。これからもうひと頑張りする気力になるわ。ときには人の眠りを妨げることもあるし、没頭するのを助けることもある。一心さんの手にかかれば物騒な薬にもなるみたい」

ねうが目を細く開けて、ちらりとこちらを見上げた。

「私、一心さんと伯父さんに、ちゃんと話してみるわ。せっかくの美味しい茶葉を薬に仕立て上げた〝しゃっきり丸〟なんて作るのはやめましょう、って。そして代わりに、私に、千寿園を守《も》り立てるお茶を考えさせてください、って」

茶畑の作業のことについては、蔵之助の長年の経験に及ぶはずもない。商売や金の流れについての立ち回りは、一心に敵《かな》わない。

門外漢の藍が、真正面からああだこうだと気に入らないところに口出しをしても、うまく行くはずがない。

しかし、蔵之助と一心がまだ気付いていないところ、それは、この世の皆がどんな気持ちでお茶を飲み、女たちがどれほど気を配って美味しいお茶を淹れているかだ。

力も経験もまったく違う男たちと張り合おうとしたって、いつまでも足手纏《あしでまと》いと馬鹿にされて、女は家に引っ込んでいろ、と追い返されてしまう。

ならば私はそれを逆手に取って、この千寿園で、女の私でなくてはできないことをしてやるのだ。

「おとっつぁん、おっかさん、見守っていてね。私、きっと、この千寿園を立て直してみせる。そして……」

くすっと笑った。

「この千寿園を、日本で一番の大店にしてみせるんだから」

大それた言葉に違いない。それなのに、男たちのように空を睨んで両腕を腰に当ててての大仰な宣言ではない。

誰かに聞かれたら恥ずかしいから、と、こっそりと己の胸にだけ呟く秘密だ。

けれど、その夢は身体に優しく広がる。

見知らぬ誰かが「美味しい！」という声が聞こえるような気がした。

藍の淹れたお茶を前に、「やれやれ」と微笑み合う人々の顔が、目に浮かぶような気がした。

「そうなったら、きっと、楽しいわ」

男と同じにできないからといって、〝役立たず〟と言われるのを恐れてはいけない。きっと、私にしかできないことがあるのだから。

私は私のやり方で進んでいこう。

藍はふわっと大きなあくびをした。

ねうがこちらを見上げて眠そうな目をしている。

「ああ、いいお天気ね。なんだか眠くなってきちゃった。ほんのちょっと、ほんのちょっとだけ、うとうとしようかしら……」

藍は己の肘枕《ひじまくら》に頭を載せて、ねうの横にごろんと寝転んだ。

薄れゆく意識の中で、ねうがごろごろ、と喉を鳴らす低い音が聞こえた。

8

蔵之助の家に出向いた藍は、女中たちに頼んで炊事場を貸してもらい、茶の用意をした。

初めて入った炊事場で、伯父の家の人たちのお茶への興味の浅さに驚いた。医者の不養生、という言葉を思い浮かべてしまうほど。客用の上等な茶葉がいくらでも置いてあるのに、どれも古びて戸棚の奥で色が変わっている。

普段、家族が家で飲む分は、売り物にならないような半端ものを使っている始末だ。

藍は女中たちに聞き取りをしつつ、茶筒の匂いをお互い嗅《か》ぎ合ったりしながら、その中からいちばん新しい茶葉を見つけ出した。

「伯父さん、お茶をお淹れしました。少し一休みなさってくださいな」

藍が盆を持って居間に現れると、帳面に向き合って難しい顔をしていた蔵之助が、怪訝そうに顔を上げた。

「お藍、来ていたのか。ちっとも知らなかったぞ。結局、川越まで名医を探しに出向いたが、評判の医者なんてもんは噂話の作り話で、立つのもやっとの様子のよぼよぼの年寄りの医者がきょとんとしていたさ。まったくの無駄足だった」

蔵之助が眉間の皺を押さえた。湯気の立つ湯吞みをしげしげと眺める。

「お藍がわざわざ茶を淹れた、だって？　今さらいったいどうしたっていうんだ？」

蔵之助が苦笑いを浮かべた。

「あれから、考えてみたんです。私の淹れたお茶を、飲んでみていただけますか？」

藍が湯呑みを差し出すと、蔵之助は、いったいどういう風の吹き回しだ、という顔で首を捻りながらも、湯呑みを手に取った。

ずずっと啜る。

蔵之助の動きが止まった。瞳が大きく開く。

「ほう。なんだこれは」

しげしげと湯呑みを眺めてから、藍に向き合った。

「こんな茶は、初めて飲んだ。お藍、これはお前が自分で淹れたのか？」

蔵之助の頬が、面白い、というようにほんの僅か緩んだ。

「ええ、先ほど、そう申し上げましたでしょう？」

悪い反応ではない。藍は密《ひそ》かに小さく拳を握った。

「どうやって淹れたんだ？　見当もつかない」

もう一度、蔵之助は湯呑みに口をつけた。もう一口。さらにもう一口飲んでから、

「良い味だな」

と、確かめるように呟いた。

「使っている茶葉は、それほど上等なものではありません。女中さんたちが、一休みでお茶を飲むときに使っているものをお借りしました。ただ、とにかく新しい茶葉に拘りました」

「淹れ方が違うのか？」

「ええ、もちろん、それもあります。千住宿のお久さんにお文を送って、懇切丁寧に美味しいお茶の淹れ方を教えていただきました。それを私がそっくりそのまま再現できるには、まだまだ訓練が必要ですが」

「つまり淹れ方だけではない、と？　これは、隠し味を入れたな」

蔵之助が両目を閉じて、もう一度ゆっくりとお茶を飲んだ。お茶の味と匂いを感じるように、鼻を上に向けて静かに息をする。

「甘いな。砂糖か？　砂糖か水飴《みずあめ》を入れたのか？」

藍はにっこり微笑んで首を横に振った。

「違います。このお茶には、ほんの少しだけ生の茶葉の新芽が入っています。摘み取ったばかりの新芽を、色が変わってしまう前に、生のままお湯にくぐらせるんです。そうすると、こんなふうに、まるで旬の野菜を畑で齧っているような、爽《さわ》やかな甘味が出るんです」

本来、茶葉は、新芽を摘み取ったらすぐに熱を入れる。それから幾度も手で揉んで乾燥させることで、お茶、と聞いて思い浮かべるあの形になる。

すぐに熱を入れないと、茶葉はあっという間に赤茶色に変わってしまうのだ。

「生の新芽……か。考えたこともなかった。新しい味だな」

「はいっ！　このお茶は千寿園の茶畑の中にある、この場でしか淹れることができないお茶なんです」

「ならば、売り出すことは難しいな。残念だ」

「いいえ。その分、簡単には手に入らないお茶として、大評判になるはずです。幸い西ヶ原にはお江戸でいちばんの桜の名所である飛鳥山があります。秋になれば紅葉も見事です。老若男女、お金持ちもそうでない人も、お江戸中からお客がこぞって訪れるこの地だけの名物として、このお茶を出してはどうでしょうか？」

藍は身を乗り出した。

「伯父さん、まだまだ、千寿園にはいろんな道があります。どうか、千寿園のお茶づくりを、薬畑、それも人の身体の害になり兼ねない薬畑にしてしまうようなことは、お考え直しください」

勢いよく頭を下げた。

しばらく沈黙の後、頭上でお茶を啜る音が聞こえた。

「お藍、この茶を飲んだ、私の一言目の言葉を覚えているか？」

「覚えています。『ほう。なんだこれは』と仰いました」

藍は顔を伏せたまま、ごくりと唾《つば》を呑んだ。

「そうだ。確かにお藍が淹れたこの茶は、初めて味わう味だ。爽やかな甘い匂いが口の中に広がり、美味い、と思える。しかし私の一言目は、『美味い！』ではなかったんだ。それはつまり、客も同じだということだ」

確かに蔵之助の言うとおりだ。

幾日も茶の淹れ方を練習し、客に喜んでもらえるような新しいものはできないかと、あれこれ考えを巡らせた。お茶の甘味、とは何なんだろうと悩んだ末、幼い頃の夏の日に畑の中でぽりぽりと齧ったきゅうりの優しい味を思い出した。

しかし今の己の力では、この閃《ひらめ》きはただの真新しいだけの奇妙なものに終わってしまう。

よくよく味わっていただければとても美味しいんですよ、なんて、そんなことは商売には通用しない。

藍は唇を嚙み締めた。

「蔵之助殿、面白い考えではないですか」

ふいに襖が開いて、人が変わったように血色の良い顔色をした一心が現れた。

「わっ！　一心さま、お身体の具合はいかがでしょうか？　お見受けしたところ、ずいぶんと……」

蔵之助が目を瞠《みは》った。

「面倒を掛けてすまなかった。私はもう平気だ」

一心がまずは蔵之助に、そして次に、藍に向かって頷いた。

「この千寿園でしか飲むことができない、生の茶葉を使った一服。うまく行けば、お江戸で大評判になります。お藍の閃き、ぜひとも形にしてみましょう！」

「ですが、この味ではまだ到底……」

蔵之助が渋い顔をした。

「閃きがその場で気軽に完成してしまうようでは、そんなもの、あっという間に消え去ってしまいます。これからお藍に、じっくり学んでもらえば良いのです。お藍、これぞという味に出合うまで、まだまだ試行錯誤を続けてくれるな？」

一心の声は鋭い。まるで使用人に命じるような言い方だ。

「は、はいっ！　でも、一心さん、ほんとうにそれでいいんですか？　〝しゃっきり丸〟のことは……」

藍がこの千寿園でやろうとしていることは、これまで一心が言っていた、とにかく手間を省いて何事も気軽に手軽に手に入れよう、という方針とは、まったく逆だ。

「あなたたち千寿園の人の中に商売の閃きがある以上、私は、それに沿った手助けをするまでです。もちろん、それによって金儲けができそうだと踏んだ場合のみですが」

一心がちらりと藍に厳しい目を向ける。

「もちろんです！　とびきり美味しくて、とびきりほっとする、みんなが喜んでくれる、この千寿園でしか飲むことができない新しいお茶を作り出して、一心さんにも大儲けをしていただきますよ！」

　藍は力いっぱい、大きく頷いた。

9

　夕暮れ空にカラスが鳴き合って飛び交う頃、藍の手元が少しずつ暗くなってきた。

　ぐっすり庵の庭に面した広い部屋で、藍は、うんっ、と大きな伸びをした。

　畳の上に布を広げ、蔵の底にしまい込んであった古いお茶から、今朝、千寿園の畑から摘んできたばかりの新芽まで、さまざまな茶葉を広げている。

「ああっ、いつの間に夕暮れに！　そろそろ先生がお目覚めになります。ここのお片付けは私が済ませますので、お藍さんは、早速、台所へいらしてくださいな」

　傍らで静かに本を読んでいた福郎が、はっとした顔をして腰を上げた。

「福郎くん、ありがとう。助かるわ」

「いえいえ、毎日明るいうちは好き放題本を読み耽り、美味しいお茶とおやつを出していただいている内弟子なんて、お江戸じゅうを見渡してもそうそうおりません。私は、ここしばらくの里帰りで、それをしみじみ感じました。せめて一所懸命に働かなくては、ばちが当たります」

「今日のおやつは、かりん糖よ。両国橋で評判のお菓子屋さんのものらしいわ。伯父さんの家の頂き物をお裾《すそ》分《わ》けしてもらったの。楽しみね」

「かりん糖！」

福郎が目を見開いた。

台所に向かった藍は手早く湯を沸かすと、己の走り書きの帳面を前にぐっと身を引き締めた。

疲れが取れ、物事に没頭しやすくなる半面、目が冴えて眠れなくなってしまうというお茶の薬効を知っているので、自身の研究で味見をするときは、ほとんど最初の一口きりでおしまいだ。

店で初めてこのお茶を味わう客の気分になって、猫がぺろりと舌を出して水を飲むように、口当たりだけを確かめる。

そうやって淹れ方を変え、茶葉の調合を変えるたびに味を書きつけた帳面を前に、今日の研究の成果を、一休みの福郎と、寝起きの松次郎に試してもらうと決めたのだ。

　じゅうぶん気合を入れて、強張った顔で、幾度か小さな失敗をしながら、どうにかこうにかお茶を淹れると、台所に新緑色の風がほんわりと広がった。

「お待ちどおさま。あら？　兄さんはまだ起きていないのね。もう、ほんとうにだらしないんだから。福郎くん、今のうちに、二人でかりん糖を食べちゃいましょう」

　一日中茶葉に触れて難しい顔をしてばかりの日々だが、皆で一服のこのときは心からほっとすることができた。

　己が淹れたお茶を湯呑みに一杯飲み干すまでに、松次郎と福郎と他愛《たわい》ないお喋りに花を咲かせる。ときには、松次郎に「なんだ、この茶は！」なんて顔を顰められることもあったり、福郎が顔を赤らめて黙り込んでしまうときもあるが。

　笑顔で廊下の先を覗くと、福郎が玄関口で「お藍さん、お客さまです」と、きょとんとした顔をしていた。

「あら？　患者さんですか？」

慌てて余所《よそ》行きの声で出向くと、そこには一心が立っていた。

「まあ、一心さん」

「研究はきちんと進んでいるか？　決して手を抜くなよ」

一心は、小僧を問い詰める意地悪な番頭のような顔をしてみせてから、ふっと笑った。

「松次郎先生に挨拶に来たんだ。先生のおかげで眠ることができるようになった、ってね」

「やっぱりそうでしたか！　どうぞどうぞ、お上がりください」

藍は両手をぱちんと打ち鳴らした。

「今、ちょうどお茶を淹れたところなんです。せっかくですから、一心さんもご一緒にどうぞ。千寿園のほうはいかがですか？」

「結局、越中富山の薬種問屋とは話を白紙に戻すことになってしまったからな。蔵之助殿を伴って、金の算段にあちらこちら駆け回っているところだ。だが皆、『茶畑でしか飲むことができない新しい茶』というものにずいぶん関心を示してくれているぞ。とにかく良いものに仕上げろよ」

「はいっ！」

藍は大きく頷いて、一心と福郎に湯呑みを差し出した。

「さあ、どうぞ。いかがでしょうか？」

「いただきまーす。あちちっ、あれ？」

真っ先に湯呑みに口を付けた福郎が不思議そうな顔をした。

「思ったほど熱くありませんね。これは、いったい何ですか？」

「今日のお茶は、いつもよりも冷まして淹れてみたの。その代わりに……」

「葛湯《くずゆ》か。とろみがあるな」

一心が頷いた。

「そうです。私、今日は、西ヶ原の千寿園でしか飲めないお茶、という視点だけに注力してみたんです。このとろみのあるお茶なら、まさにこの場でしか飲めない希少なものになるかと」

一心と福郎が強張った表情で顔を見合わせた。

「……すみません。失敗ですね。一口だけ味見をしてみたときには、良い考えだと思ったんですが」

藍は苦笑いを浮かべて、頭を掻いた。

「そ、そうですね。どちらかと言いますと、私は、昨日のお茶のほうが口に合いました」

福郎が、口直しのように一つ二つ、かりん糖を口の中に放り込んだ。

そのとき襖が開いて、ねうを抱いた松次郎が、あくびをしながら部屋に入ってきた。

「先生、おはようございます！　一心さんがいらしていますよ」

福郎が背筋を伸ばす。

ねうが代わりに「なっ」と応えた。

「松次郎先生、今日はお礼を言いに参りました。先生に言われたとおり、寝る前に集中して耳を澄ましてみました。最初は物音がかえって気になって眠れなくなってしまうような気がして、これは失敗だと思いましたが……」

一心が、以前とは打って変わった丁寧な口調で頭を下げた。

「己の嘘を数える、うるさい声が消えただろう」

松次郎がにやりと笑った。

「ええ、そうなんです。耳を澄ますことで、周囲の音に気を配ることで、常に己の胸の中で、己の嘘を数え、これからいったいどうすればいいんだ、と不安を訴えていた声が消えたんです。そうするうちに、表の風の音や己の息の音、なんて代わり映えのしないものに熱心に気を配るのが面倒になってきて……」

「心持ちを整える、というのはそういうことだ。人は、何においても余所事を考えていると必ずうまくいかない。耳でも目でも舌でも何でもいい、ひとつの感覚に心を研ぎ澄ませて集中することで、身体が眠りたいと感じている、ということだけに向き合うことができるようになるんだ」

松次郎が満足げに頷いた。

「もっとも、これからも嘘を重ねて人を手玉に取る生活を続けるというなら、そのうち焼け石に水、にしか過ぎなくなってしまうだろうが。それはお前の生き方だ。私には関係ない」

一心が慌てて首を横に振って、顔を伏せた。何か言おうと口を開いたそのとき、

「うわっ、なんだこりゃ！」

湯呑みを手にした松次郎の悲鳴が響き渡った。

まるでいきなり口に苦い薬を放り込まれたかのように、歯を食い縛ってのたうち回っている。

「私が今日一日研究したお茶です。そんなに不味《まず》かったかしら？」

藍は、福郎、一心に慌てて視線を巡らせた。

二人とも弾《はじ》かれたように目を逸《そ》らす。

「兄さん、貸してちょうだいな」

松次郎の湯呑みを奪って、一口飲む。

葛のとろみのせいで、お茶の爽やかな匂いが少しも鼻に抜けない。生温かい沼に浮かぶ苔《こけ》のように淀んだ、何とも言えない味が口の中に広がった。

「あ、味は悪くないぞ。ただ口当たりには改良が必要だな」

一心が作り笑いを浮かべた。

「ゆっくり進んでくれれば良いんだ。蔵之助殿もそう言っている。千寿園の先行きを変える大仕事、そう簡単には答えは見つからないさ」

「この調子じゃあ、いつになることやら、だ。お久の水茶屋へ修業に行ったらどうだ？　ぐっすり庵のことは案じることはないぞ。福郎とねうに、すべて任せておけばよい」

松次郎が手の甲で口を幾度も拭いながら言った。

ねうが、面倒事は勘弁だ、というようにぷいと顔を背ける。

「お藍さん、お気を落とさず。少しずつ、からですね」

福郎にまで優しく慰められて、藍は思わずぷっと笑った。

何とも恥ずかしい失敗だ。どうしてこんな味になってしまったんだろう、と頭を抱えたくなる。なのに、ちっとも悲しくはならなかった。

この千寿園でどうにかして役に立つために、ほんの小さな、けれどとても大事な一歩を歩み出すことができた。

己が何のために奮闘して、何を目指すのか。藍の人生に一つ、集中する道ができた。

「確かに兄さんの言うとおりですね。ここに閉じ籠っているだけじゃなくて、いろんなことを学んで、いろんな人の力を借りてやってみます」

藍は頷いて、もう一度お茶を飲んだ。

やっぱり、これでは駄目だ。笑ってしまうくらい妙な味だ。

ふと空を見上げると、千寿園の茶畑から、まるで小川の清水のように爽やかな風が吹き抜けた。

その肆

昔から知られていた？お茶の効能

お茶には、カフェインやカテキン、アミノ酸、ビタミンといったさまざまな物質が含まれています。アミノ酸やビタミンが身体に良いことは有名ですが、お茶の渋みのもとになるカテキンは、植物を外部からのストレスから守る抗酸化ポリフェノールの一種で、免疫力を高める効果があります。

また、カフェインの成分が眠気覚ましや集中力強化の手助けになる、という事実は、現代では広く知られています。

日本にお茶がやってきたのは、奈良～平安時代にさかのぼります。隋・唐へ向かった留学僧たちが当時の文化のひとつとして持ち帰りました。

当時、お茶と仏教は密接な関係にあり、僧たちの間では滋養強壮の薬として伝えられていました。臨済宗を開いた栄西は、お茶の効能や飲み方を示した『喫茶養生記』を著し、二日酔いに苦しむ鎌倉幕府将軍、源実朝に献上したという記録も残っています。

当時のお茶というのは茶葉を粉末状にして溶かして飲む、今の抹茶に近いものです。茶葉をすべて飲むことになるので、とても濃いものとなります。

時は変わって江戸時代になると、庶民はお茶を煎じて飲むようになりました。煎茶の方法が広まったおかげで、お茶に含まれるカフェインの含有量はぐっと少なくなります。

その頃から、お茶は一休みのときの美味しい飲み物、という位置づけになりました。

水茶屋で、甘いお菓子にも塩辛いおやつにもぴったり合う美味しいお茶を飲み、ぼんやりと物思いに耽ったり、気心知れた仲間とお喋りする姿は、現代の「カフェでお茶をする」私たちの姿と少しも変わりありません。

こんなふうに、薬のようにはっきりした効能がわかるわけではないけれど、なぜか元気になるなあ、と感じる緩やかな形で、お茶は、これからも私たちの心と身体を元気にしてくれるのかもしれませんね。

本書は書下ろしです。

実業之日本社文庫　好評既刊

泉ゆたか
猫まくら　眠り医者ぐっすり庵

江戸のはずれにある長崎帰りの風変わりな医者と一匹の猫がいる養生所には、眠れない悩みを抱える人々が――心ほっこりの人情時代小説。（解説・細谷正充）

い17 1

あさのあつこ
花や咲く咲く

「うちらは、非国民やろか」――太平洋戦争下に咲き続けた少女たちの青春と運命をみずみずしい筆致で描いた、まったく新しい戦争文学。（解説・青木千恵）

あ12 1

あさのあつこ
風を繍《ぬ》う　針と剣　縫箔屋事件帖

剣才ある町娘と、刺繍職人を志す若侍。ふたりの人生が交差したとき殺人事件が――一気読み必至の時代青春ミステリーシリーズ第一弾！（解説・青木千恵）

あ12 2

井川香四郎
桃太郎姫　もんなか紋三捕物帳

男として育てられた桃太郎姫が、町娘に扮して岡っ引の紋三親分とともに無理難題を解決！　歴史時代作家クラブ賞・シリーズ賞受賞の痛快捕物帳シリーズ。

い10 3

井川香四郎
桃太郎姫七変化　もんなか紋三捕物帳

綾歌藩の若君・桃太郎、実は女だ。十手持ちの紋三のもとでおんな岡っ引きとして、仇討、連続殺人など、次々起こる事件の〈鬼〉を成敗せんと大立ち回り！

い10 4

実業之日本社文庫　好評既刊

実業之日本社文庫　好評既刊

宇江佐真理
為吉　北町奉行所ものがたり
過ちを一度も犯したことのない人間はおらぬ――与力、同心、岡っ引きとその家族ら、奉行所に集う人間模様。名手が遺した感涙長編。（解説・山口恵以子）
う23

風野真知雄
月の光のために　大奥同心・村雨広の純心
初恋の幼なじみの娘が将軍の側室に。命を懸けて彼女の身を守り抜く若き同心の活躍！　長編時代書き下ろし、待望のシリーズ第1弾！

か11

風野真知雄
消えた将軍　大奥同心・村雨広の純心２
紀州藩主・徳川吉宗が仕掛ける幼い将軍・家継の暗殺計画に剣豪同心が敢然と立ち向かう！　長編時代書き下ろし、待望のシリーズ第２弾！

か13

風野真知雄
江戸城仰天　大奥同心・村雨広の純心3
将軍・徳川家継の跡目を争う、紀州藩吉宗ら御三家の陰謀に大奥同心・村雨広は必殺の剣「月光」で立ち向うが大奥は戦場に……好評シリーズいよいよ完結!!

か15

梶よう子
商い同心　千客万来事件帖
人情と算盤が事件を弾く――物の値段のお目付け役同心が金や物にまつわる事件を解決する新機軸の時代ミステリー！（解説・細谷正充）
か71

実業之日本社文庫　好評既刊

河治和香
どぜう屋助七
これぞ下町の味、江戸っ子の意地！　老舗「駒形どじう」を舞台に描く笑いと涙の江戸グルメ小説。料理評論家・山本益博さんも舌鼓！（解説・末國善己）
か81

倉阪鬼一郎
人情料理わん屋
味わった人に平安が訪れるようにと願いが込められた料理と丁寧に作られた器が、不思議な出来事と人の縁と幸せを運んでくる。書き下ろし江戸人情物語。

く45

倉阪鬼一郎
しあわせ重ね　人情料理わん屋
身重のおみねのために真造の妹の真沙が助っ人に。そこへおみねの弟である文佐も料理の修行にやって来たことで、幸せが重なっていく。江戸人情物語。

く46

倉阪鬼一郎
夢あかり　人情料理わん屋
わん屋へ常連の同心が妙な話を持ち込んだ。盗賊を追い、偶然たどり着いた寂しい感じの小料理屋。そこには驚きの秘密があった!?　江戸グルメ人情物語。

く47

倉阪鬼一郎
きずな水　人情料理わん屋
順風満帆のわん屋に、常連の同心が面白そうな話を持ち込む。ある大名の妙案で、泳ぎ、競馬、駆ける三種を三人一組で競い合うのはどうかと。江戸人情物語。

く48

実業之日本社文庫　好評既刊

鳥羽 亮
剣客旗本春秋譚 虎狼斬り
北町奉行所の定廻り同心と岡っ引きが、大川端で斬殺された。その後も、殺しが続く。辻斬り一味の目的とは。市之介らは事件を追う。奴らの正体を暴き出せ！

と216

東郷 隆
我餓狼と化す
幕末維新、男の死にざま！――新撰組、天狗党から戊辰戦争まで、最後まで屈服しなかった侍の戦いを描く、歴史ファン必読の8編。（解説・末國善己）
と33

東郷 隆
九重の雲 闘将 桐野利秋
「人斬り半次郎」と怖れられた男！ 幕末から明治、西郷隆盛とともに戦い、義に殉じた男の堂々とした生涯を描く長編歴史小説！（解説・末國善己）
と34

東郷 隆
初陣物語
その時、織田信長14歳、徳川家康17歳、長宗我部元親22歳。戦国のリアルな戦いの姿を描く傑作歴史小説集！（解説・末國善己）
と35

中得一美
嫁の家出
与力の妻・品の願いは夫婦水入らずの旅。けれど夫は……人生の思秋期を迎えた夫婦の「心と体のすれ違い」と妻の大胆な決断を描く。注目新人の人情時代小説。

な71

実業之日本社文庫　好評既刊

中得一美
嫁の甲斐性
晴れて年季が明け嫁いだが、大工の夫が大怪我。借金返済のため苦労を重ねる吉原の元花魁・すずの数奇な半生を描き出す。新鋭の書き下ろし新感覚時代小説！

な72

中島 要
御徒の女
大地震、疫病、維新……苦労続きの人生だけどたくましく生きる、下級武士の〝おたふく娘〟の痛快な一代記。今こそ読みたい傑作人情小説。（解説・青木千恵）
な81

中村彰彦
完本 保科肥後守お耳帖
徳川幕府の危機を救った名宰相にして会津藩祖・保科肥後守正之。難事件の解決や温情ある名裁きなど、名君の人となりを活写する。（解説・岡田 徹）
な11

中村彰彦
真田三代風雲録（上）
真田幸隆、昌幸、幸村。小よく大を制し、戦国の世に最も輝きを放った真田一族の興亡を歴史小説の第一人者が描く、傑作大河巨編！

な12

中村彰彦
真田三代風雲録（下）
大坂冬の陣・夏の陣で「日本一の兵（つわもの）」と讃えられた真田幸村の壮絶なる生きざま！　真田一族の興亡を描く巨編、完結！（解説・山内昌之）
な13

実業之日本社文庫　好評既刊

吉田雄亮
騙し花　草同心江戸鏡
旗本屋敷に奉公に出て行方がわからなくなった娘たちはどこに消えたのか？　草同心の秋月半九郎が江戸下町の闇に戦いを挑むが……痛快時代人情サスペンス。

よ５５

吉田雄亮
雷神　草同心江戸鏡
穏やかな空模様の浅草の町になぜか連夜雷鳴が響く。雷門の雷神像が抜けだしたとの騒ぎの裏に黒い陰謀の匂いが……人情熱き草同心が江戸の正義を守る！

よ５６

吉田雄亮
北町奉行所前腰掛け茶屋
北町奉行所の前で腰掛茶屋を開く老主人・弥兵衛は元与力。不埒な悪事を一件落着するため今日も探索へ繰り出し…名物料理と人情裁きが心に沁みる新捕物帳。

よ５７

吉田雄亮
北町奉行所前腰掛け茶屋　片時雨
名物甘味に名裁き？　貧乏人から薬代を強引に取り立てる医者町仲間と呼ばれる集まりが。彼らの本当の狙いとは？　元奉行所与力の老主人が騒動解決に挑む！

よ５８

吉田雄亮
北町奉行所前腰掛け茶屋　朝月夜
茶屋の看板娘お加代の幼馴染みの女が助けを求めてきた。駆け落ちした男に捨てられ行き場のなくなった女は店の手伝いを始めるが、やがて悪事の影が……!?

よ５９

実業之日本社文庫 い172

朝《あさ》の茶柱《ちゃばしら》　眠《ねむ》り医者《いしゃ》ぐっすり庵《あん》

2022年2月15日　初版第1刷発行

著　者　泉《いずみ》ゆたか

発行者　岩野裕一
発行所　株式会社実業之日本社
〒107-0062　東京都港区南青山 5-4-30
emergence aoyama complex 2F
電話 [編集]03(6809)0473 [販売]03(6809)0495
ホームページ　https://www.j-n.co.jp/
ＤＴＰ　ラッシュ
印刷所　大日本印刷株式会社
製本所　大日本印刷株式会社

フォーマットデザイン　鈴木正道（Suzuki Design）

ISBN978-4-408-55710-6（第二文芸）